بسم الله الرحمن الرحيم

Zübeyir Yetik

1941'de Siverek'te doğdu. İlkokulu Siverek ve Ceylanpınar'da, ortaokulu Siverek'te, liseyi Şanlıurfa'da okudu. Adana İktisadî ve Ticarî İlimler Akademisi'nden mezun oldu; İstanbul Üniversitesi İşletme Fakültesi'nde yüksek lisans yaptı. Çeşitli kamu kuruluşlarında çalışan Yetik, haftalık ve aylık dergilerde yazdı. 1974 yılında Milli Gazete'nin başına geçti. 1992-2002 yıllarında Akit Gazetesi'nde haftalık yazılar yazdı. Sosyal kuruluşlarda ve sendikacılık alanında yoğun faaliyetler yürütmüştür. Çocuk kitapları da kaleme almış olan Zübeyir Yetik'in yayımlanmış eserlerinden bazıları şunlardır:

Dörtlükler, Şiir, Reha Yayınları, 1960.
Aksiyon-Ahlâk-Ekonomi, Makalelerden Derleme, Çığır Yayınları, 1975.
Ak-Elif, Şiir, Çığır Yayınları, 1976.
İslâm Savaşçısına Notlar, Deneme/Strateji, Çığır Yayınları, 1976 ve Beyan Yayınları, 1990.
İnsanın Serüveni, Deneme, Beyan Yayınları, 1984 ve 1991.
Yeryüzünde Kötülük Odakları (10 Kitab), Beyan Yayınları.
Çağdaş Bilimin Saplantısı, Denemeler, Akabe Yayınları, 1986.
İmam Şamil, Siyasal Tarih Yorumu, Beyan Yayınları, 1986 ve 1998.
Ekonomiye Değinmeler, Denemeler, Akabe Yayınları, 1987.
İslâm Düşünce Tarihinde Mezhepler, Araştırma, Beyan Yayınları, 1990.
Siyasal Katılım, Siyasal Tarih Yorumu, Fikir Yayınları, 1990.
Her Nemrud'a Bir İbrahim, Siyasal Tarih Yorumu, Beyan Yayınları, 1990.
Ekonomi Bir Din midir, İnceleme, Beyan Yayınları, 1991.
İnsanın Yüceliği ve Guenoniyen Bâtınîlik, Siyaset Felsefesi, Fikir Yayınları, 1992.
Geçmişten Notlar, Anı, Beyan Yayınları, 2009.

NEMRUT

Zübeyir Yetik

pınar yayınları: 297
genç öncüler kitaplığı: 14
nemrut - zübeyir yetik

isbn: 978-975-352-333-2

birinci basım: mart 2012

içdüzen ve kapak: tekin öztürk
www.tekinozturk.com.tr

baskı-cilt:
step ajans rek. mat. tan. ve org. ltd.şti.
bosna cd. no: 11 34200 bağcılar-istanbul
tel: 0212 446 88 46 stepajans@gmail.com
matbaa sertifika no: 12266

yayınevi sertifika no: 22787

pınar yayınları
alay köşkü cad. civan han no:6/3 cağaloğlu-istanbul
tel: 0212 520 98 90 - 527 06 77
bilgi@pinaryayinlari.com

www.pinaryayinlari.com

İçindekiler

ÖNSÖZ 7
GİRİŞ 13
    I. Nemrut'un Kimliği 13
    II. Efsanelerle İçiçe 14
    III. Nemrut'a İlişkin Rivayetler 17
    IV. Diğer Rivayetler 34
    V. Daha Değişik Bir Rivayet 37

Bölüm 1: RİVAYETLER ÜZERİNE BİR
DEĞERLENDİRME 41
    I. Niçin "Değerlendirme"? 43
    II. "Doğum"dan Öncesi ve Sonrası 45
    III. "Allah'ı Arayış" 48
    IV. Tapınak'taki İbrahim 50
    V. Birkaç Nokta Daha 51
    VI. Hammurabi mi? 52

Bölüm 2: KUR'ÂN-I KERİM'İN "OLAY"A İLİŞKİN
HABERLERİ 55
    I. Ayetleri İzleyelim 57

Bölüm 3: "NEMRUT TOPLUMU"NUN YAŞANTISI .. 67
    I. Kısa Bir Açıklama 69
    II. Putlara Tapınma 70
    III. Gökcisimlerine Tapınma 73

Bölüm 4: TOPLUMSAL YAPIDAN BİR KESİT 77
    I. Genel Çizgiler 79

II. Kurumlar 81
III. Gelenekler ve Eğitim 82
IV. Ve Baskı 85
V. "Şaka mı Ediyorsun?" 87

Bölüm 5: TOPLUMSAL İLİŞKİLER DÜZLEMİ 89
I. Temel Kavramlardan Birkaçı 91
II. "Putlar" Dolayısıyla 93
III. Dostluklar 95
IV. Ve... Rabb 96

Bölüm 6: TEPEDEKİ ADAM 99
I. Piramit Örneği 101
II. Tepedeki Adam 103
III. Asıl "Nemrutluk" 104

Ek 107
"Bu Günün İbrahimlerine Hitap" 109

Önsöz

Basılmış 25 kitabımdan yeni baskıları yapılmış olanların sayısı pek azdır. Bu yeni baskılar söz konusu olduğunda da zorunlu olmadıkça onlar üzerinde düzeltmeler, iyileştirmeler yapmamaya; kısacası ilk baskıya ilişmemeye özen göstermişimdir.

Kitaplar, bence, yazıldığı ve dolayısıyla da ilk baskılarının yapıldığı dönemlere aittir; o dönemlerin ürünüdür, malıdır. Kendileriyle birlikte bir dönemi de geleceğe taşıyacakları için öylece kalmalıdırlar.

Bunu öylesine benimsemişimdir ki, hem editörümün hem de benim çok önemsediğimiz *"İnsanın Serüveni"* başlıklı kitabımı -yeni baskısı için- "genişletmek" gerektiğinde bile ilk metnine el değdirmemiş, bu işi, her bölümün sonuna ayrı karakterde harflerle eklentiler yaparak gerçekleştirmişimdir.

"Yeryüzünde Kötülük Odakları" ana-başlıklı dizi kitaplarımın yeni baskısı için, 25 yıllık aradan sonra, Pınar Yayınları tarafından öneri getirildiğinde de, ilk düşüncem, yalnızca dizgi yanlışlarına bakıp, kitapları öylece bastırmak olmuştu.

Ancak bu kez farklı davranmamı gerektiren iki durumla karşılaştım.

Birincisi, kitaplar ağırlıklı olarak "gençler" için basılacaktı; bu belirtilmişti.

İkincisi, dizinin ilk kitabına göz attığımda bile konularının çok önemli olduğunu ve yeniden ele alınması gerektiğini fark ettim.

Bu iki sebepten ötürü, bu kitapların yeni baskısına yaklaşımım farklı oldu.

Bunun sonucu olarak da kitapları gözden geçirmek değil de, neredeyse yeniden yazmak gibi bir durum ortaya çıktı. Öyle ki, -çatısı dışında- kitapların içeriği bütünüyle yeni baştan yazıldı dersem, abartmış olmam.

Kitapların gençlere yönelik oluşu sebebiyle yine bir ilki gerçekleştirdim.

Yazı ve kitapların basımdan önce başkalarınca okunmasını hiç mi hiç istemeyen yapıma karşın, bu kez, "gençler için" basılacak bu kitapları bir "genç beyin" gözden geçirirse yararlı olur diye düşündüm.

Çok okuyan, ama eleştirel gözle okuyan, okuduklarını da zaman zaman "net" ortamında benimle tartışan bir gençle, Zeynep Armağan'la olan tanışıklığımı da anımsayınca, "önceden okutmak" düşüncesi daha bir ağırlık kazandı.

Bu düşüncemi Zeynep'e aktararak bana yardımcı olmasını önerdim; kabul etti.

Zeynep, ön okuma yaparak düşüncelerini notlar halinde bana iletti. Yeniden yazım aşamasında da irdeleme, tartışma ve öneride bulunma bağlamında önemli katkıları oldu. Bu ara-

da dikkat dağınıklığından kaynaklanabilecek yanlışlara karşı da metin içinde gönderme yaptığım ayetleri gözden geçirdi. Kısaca söylemek gerekirse asistanlığından büyük ölçüde yararlandım. Emeğinden dolayı kendisine teşekkür ediyorum...
Kitapların hayırlara vesile olmasını diliyorum.

Zübeyir YETİK
Başakşehir Kasım/2011

"Esirgeyen, Bağışlayan Allah'ın adıyla ..."
Allah kendisine hükümranlık verdi diye,
Rabbi üzerine
İbrahim'le tartışanı görmedin mi?
İbrahim;
"Rabbim, öldüren ve dirilfendir." demişti de,
o, "Ben de diriltir ve öldürürüm." demişti.
İbrahim;
"Allah, güneşi doğudan getirir; haydi sen de batıdan
getirsene."deyince, o inkârcı donakaldı.
Allah, zalimleri doğruya eriştirmez..."
(2/Bakara: 258)"

Giriş

1. Nemrut'un Kimliği

Bu kitapta Yeryüzündeki kötülük odaklarından biri, üstelik önde gidenlerinden biri olan Nemrut ele alınacaktır. Ancak, hemen belirtmeliyiz ki, "Nemrut ele alınacaktır" dememize karşın, "Nemrut kimdir?" yollu bir soruyla karşılaşacak olursak, verilebilecek kesin, açık, sağlıklı ve tutarlı bir yanıtımız yoktur. Çünkü Nemrut, kelimenin tam anlamıyla "efsaneleşmiş" bir kimliktir. Bütünüyle "efsane"lerle örülü ve örtülü bir yaşam; böyle bir yaşamı sürdürmüş olduğu konusunda çokça söylencelere konu olmuş bir adam...

"Bir adam" deyişimiz bile, bir yerde tam tamına doğru bir anlatım değildir. Çünkü Nemrut kelimesinin tarihsel kimlik olarak "bir adam"ı mı, yoksa "birçok adam"ı mı gösterdiği tartışmalıdır. Üzerinde çeşitli görüşlerin öne sürüldüğü bir "alan"dır, bu. Kimileri, onu, "Babil hükümdarlarından bir hükümdar" olarak görüp, üstelik babasının adını da vererek böylece tanıtırken; kimileri de Nemrut'un bir "unvan" olduğu görüşünde bulunur, "fir'avn" sözcüğünün bir "unvan" oluşunu da kanıtlayıcı örnek olarak gösterir. Bunlar; birçok "fir'avn"ın bulunması gibi birçok da Nemrut bulunduğunu öne sürerler.

Şu var ki, "eski" tarihçilerin Babil hükümdarları arasında "Nemrut, Sinaharib, Buhtunnasır" gibi adları anmaları ve "çağdaş" tarihçilerin de "Hammurabi, Şemsiulana, Buhtunnasır" adlarındaki Babil hükümdarlarından söz etmiş olmaları "Nemrut" kelimesinin bir "unvan" değil de özel bir ad olduğu doğrultusundaki görüşlerin tutarlı sayılması gerektiğini savunanların varsayımını güçlendirir. Buna bir de kimi tarihçilerin öne sürdüğü "Nemrut, kanunlarıyla tanınmış Babil hükümdarı Hammurabi'dir." yollu savları ekleyecek olursak, "özel ad" görüşünün daha bir ağırlık kazandığı sonucuna varabiliriz.

Bununla birlikte, bizim konumuz açısından, Nemrut kelimesinin bir tek kişinin veya tüm Babil hükümdarlarının özel adı veya unvanları olması arasında hiçbir fark yoktur. Eğer, "özel ad"sa, bu adı taşıyan; değil de, "unvan"sa, bu unvanı taşıyanlardan biri ve üstelik "azgınlık"ta en önde geleni bizim "konumuz" olan Nemrut'tur. Çünkü "odak" odur ve bu kitapta yapılacak olan da, işte, bu "odaklaşmış kötülük" üzerinde durmaktan başka bir şey değildir.

II. Efsanelerle İç İçe

Nemrut çevresindeki rivayetler çok ve çeşitlidir. Sözgelimi "Habil ve Kabil"e ilişkin rivayetlerin kaynağı "Tevrat" iken ve ·çeşitli varyasyonlar bu ana kaynağın aktardıklarıyla oluşturulmuş "iskelet" çevresinde kimi eklentiler niteliğindeyken, Nemrut'la ilgili efsaneler daha geniş bir alandan derlenmiş izlenimini verir. Hemen her "eski" topluluğun "Nemrut Efsanesi"ni oluşturan ögelerden bir veya birkaçını sergileyici birer "kahraman"ı vardır.

Öyle ki, bu durum karşısında, ya "eski" topluluklardan her biri Nemrut'un bir olayını alıp onunla kendileri için, kendi toplumları için bir "efsane kahraman" üretmişlerdir veya Nemrut'un ünü yaygınlaştıkça birçok "efsane kahramanı"ndan ona aktarmalar veya eklemeler yapılmıştır, diye düşünmek zorunluluğu doğar.

Benzeri bir durumu "Nuh Tufanı"nda da, görürüz. Olay, Çin'den ta Kızılderililere dek tüm Yeryüzü üzerindeki hemen her toplumda ama bir "efsane", ama bir "masal", ama bir "tarih" olarak anlatılır. Şu var ki, bu anlatılanlarda kahramanların adları ve olayın kimi yanları değişik bile olsa, temel çizgiler hep aynıdır. Yan yana getirdiğinizde, "Evet, işte bu budur." diyebilirsiniz. Ve bu yaygınlığa karşın temel çizgiler bakımından aralarında bulunan uyum ve uygunluk, tüm bu rivayetlerin bir "gerçeklik"in anlatımı olduğunu; bir gerçek olayın dilden dile aktarıla geldiğini ortaya koyar.

Belki de Nuh Tufanı biraz daha teferruatlı anlatılmış, kafalarda oluşabilecek sorular daha anlatım sırasında yanıtını bulunca olayın geçeklik boyutu ağır basmıştır. Efsane ve gerçeklik farkı/yakınlığı söz konusu olduğunda vurgulanması gereken bir nokta da olayın/olayların kahramanlarının karakteridir. Nuh Tufanı anlatısında Habil ve Kabil olayındaki "Kötü Kabil" karakteri ile "Nemrut"taki kötü ve güçlü, hatta kahraman karakter yoktur. Bu ayrıntı da olayı efsaneleştirecek ve üretilebilecek yapı belirtir.

Nemrut da ise, bu, böyle değildir. Yaygın anlatı Nuh Tufanı'nın niteliğini ve özelliğini taşımaz. Çünkü değişiklik yalnızca olayların kahramanlarının adları veya yaşadıkları yörelerle sınırlı kalmamıştır. Efsaneyi oluşturan ögeler arasında da bir dağılma, bir bölünme, bir parçalanma vardır. Her efsane kahramanı Nemrut'un ayrı bir yanını taşır, ayrı bir özelliğini sergiler, ayrı bir tutumunun uygulayıcısı olur.

Dahası: Sözü edilen "kahraman" yalnızca "Nemrut Efsanesi" ögelerini, olaylarını da yaşamaz. Daha başkaca olaylar da vardır onun adı çevresinde. Yalnızca, "Nemrut Efsanesi"nde dile getirilen olayları yaşamış olsalar, sorun yoktur. "Eh... Nemrut efsanesinin bir bölümü bir başka ad altında anlatılmaktadır." der, işi bağlayıverirsiniz. Bu "kahramanlar"ın "Nemrut efsanesi"nde sözü edilmeyen kimi olayları da çevrelerinde toplamış olmaları kendileriyle ilgili başkaca şeylerin de anlatıla gelmiş olması, böyle bir tutum ve açıklamaya engel olur.

Bu durum karşısında o efsanelerin Nemrut'tan kaynaklanmadığı, tersine Nemrut'a o efsanelerden eklentiler yapılmış olabileceği sonucuna varmak gerekir. Çünkü efsanelerin hemen tümü "Mezopotamya merkezli" alandaki toplumların ürünüdür. Ve Babil Toprağı da birçok bakımdan Mezopotamya'nın merkezi durumunda bulunduğundan, olabilir ki, tüm o efsaneler bu topraklara girdiğinde "hazır" bir "olay kahramanı" olan Nemrut'a iliştiriliverilmiş, böylece ona ilişkin her gerçek olay bu yeni gelen rivayetlerle süslenip püslenerek, adamakıllı bir genişlik ve dolgunluk sağlanmıştır.

Nitekim, Nemrut'un sivrisinekten ölmesine benzer bir hikaye tapınakları yıkmakla tanınmış olan Titus ve Süleyman Tapınağını yıkan Buhtunnasır için de anlatılır. Yahut, gökyüzüne sefer olayı Nemrut efsanesiyle birlikte "Antar Kıssası" içinde de yer alır.

Dahası, Kur'ân-ı Kerim'de Fir'avn ve danışmanına ilişkin olarak haber verilen "Kule" yaptırma olayı bile, efsanelerde Nemrut'un yaşadığı bir olay olarak dile getirilir.

İşte, Nemrut'un kişiliği böylesine geniş alanlardan derlenmiş gerçek ve efsanevi olaylarla bir "efsane"ye, efsaneler de bir tür gerçeğe dönüştürülmüş; Nemrut, gerçek ile gerçek olmayanı ayırt edemeyeceğimiz bir zemine oturtulmuştur. Bu yüzden biz konuya Nemrut'un bu yanını, "efsanelere karışmış" kişiliğini tanıtarak gireceğiz.

III. Nemrut'a İlişkin Rivayetler

Nemrut'un İslam Tarihi Literatürü içinde yer alması, Kur'ân-ı Kerim'de İbrahim aleyhisselama ilişkin olarak verilmiş bulunan haberler dolayısıyladır. Bu ayetlere getirilen yorumlar ve açıklamalar yoluyla "tefsir"lerde boy göstermeye başlayan Nemrut, çevresinde oluşturulmuş bulunan efsanelerin tümünü yanında getirerek tarih literatürü içinde yer edinmekte gecikmemiştir.

Nitekim, *Tarih-i Taberi, El-Bidaye ve'n-Nihaye, El-Kamil fi't-Tarih, Tarihü'l-Hamis, Ravdetü's-Safa* gibi eserler, israiliyyât kökenli olup da zaman içinde çokça katkılarla yayılmış bulunan bu "bilgiler"i -az veya çok farklarla- sayfalarına geçirmişlerdir.

Biz, anılan kaynaklara veya bu kaynaklardan yapılan alıntılara, "İslam Ansiklopedisi"nin aktardıklarını da ekleyerek, "rivayet"i bir bütünlük içinde, bir "birleşik rivayet" olarak vermek yoluna gideceğiz,

Babil Hükümdarı

Bu kaynaklara göre, zalim ve putperest bir kimse olan babası Kenan'dan sonra Babil Tahtına oturan Nemrut, kısa bir süre içinde -yedi iklim dört bucak- bölgenin tamamını egemenliği altına alır. Kazanmış bulunduğu zaferler ve eriştiği başarılar üzerine "tanrılık" davasında bulunur.

Öyle ki, kendi halkından başka, kıtlık dönemlerinde yiyecek için yardım isteyen diğer topluluklardan kimselere da önce "Rabb" olduğunu onaylatmakta, ardından da gerekli yardımı yapmaktadır.

Nemrut'un hükümdarlığı altındaki Babil, uygarlıkta çok ileri bir düzeydedir. Ticaret, bayındırlık ve bu arada toprakları baştanbaşa bir ağ gibi saran kanallarla gerçekleştirilen sulamalı tarım sayesinde büyük bir güce erişmiştir.

"Gökcisimleri" konusundaki araştırmalarla erişilen çok gelişkin bir "bilgi" düzeyine sahip oluşu da Babil'in göze çarpan bir başka özelliğini oluşturmaktadır. Yıldızlara ilişkin "bilgi" yoğunluğu ve bu bilgiye olan aşırı eğilim, yaşam anlayışını ve biçimini de etkilediğinden hemen hemen her şey bu bilgilere göre düzenlenmekte; insanlar, yıldızlardan derlenen bilgilerle ve bilgilere göre yönlendirilmekte, yönetilmektedir.

Hükümdarın bir de bir veziri vardır. Azer adındaki bu vezir Nuh aleyhisselamın onuncu kuşaktan torunu ve İbrahim aleyhisselamın babası olan, babası olacak olan kimsedir. Vezir Azer, gerek din ve gerekse devlet işlerinde en önde gelen adamlarından biri olarak Nemrut'un sevgi, saygı ve güvenini kazanmış durumdadır.

Bir "doğum" haberi

Yıldızları gözlemek/izlemek ve gözlemlerini yorumlayarak hükümdara iletmekle görevlendirilmiş kâhin rahiplerden bir grup çok önemli bir gelişmenin haberini vereceklerini belirterek huzura kabul edilmeleri dileğinde bulunurlar.

Huzura çıktıklarında Başrahip Nemrut'a şunları söyler:

"Kitaplarımız ve yıldızlar, bize, bu yıl içinde bir oğlan çocuğunun dünyaya geleceğini bildirmiş bulunuyor. Bu çocuk büyüdüğünde, dinimize karşı çıkacak, putlarımızı kıracak ve bu arada sizin de elinizden malınızı, mülkünüzü, tahtınızı, tacınızı alacak. Hatta yaşamınız bile bu 'doğum' olayıyla bağlantılı görülüyor. Büyük bir kaygı içindeyiz."

Gökcisimlerini, onların güç ve etkilerini yaşamının merkezine yerleştirmiş bulunan Nemrut irkilir. Ancak, kendinde gördüğü ve insanlara da benimsettiği "tanrısal" gücünün verdiği güven içinde inanmasız bir tavırla rahipleri süzer.

Bu bakışlar karşısında ezilen Başrahip kendisinin de inandığı bu kehanete olsa olsa Nemrut'un çare bulacağı ümidi ve inancı içinde sözlerini şöyle sürdürür:

"Efendimiz, yıldızların hareketlerinden gözlemlediğimiz işaretlere göre, bu çocuğun ana rahmine bu gece düşeceğine inanıyoruz."

Bu bilgiyi edinen Nemrut çılgına döner. Yıldızlar yanılmayacağına ve yanıltmayacağına göre bu çocuğun ana rahmine düşmesine mutlaka engel olunması gerektiğini düşünür.

Kâhin rahiplere, komutanlara, vezirlere, ileri gelenlerin tümüne buyruklar iletilerek büyük bir istişare toplantısı yapılır. Çözümler bir tek noktada buluşur: "Bu gece hiçbir cenin hiçbir ananın rahmine düşmemelidir."

Bunun tek çaresi ise, o gece için hiçbir çiftin birlikte olmamasıdır. Bunu gerçekleştirmek üzere hemen bir buyruk çıkarılır:

"Tüm erkekler geceyi kentlerin dışında geçirsin. Kente kimsenin girmemesi için kale kapılarına nöbetçiler dikilsin..."

Böylece herhangi bir erkeğin herhangi bir kadına yaklaşmasını önleyici tüm önlemler alınmış olur.

Nemrut da, kendi buyruğu gereğince, tüm çevresiyle birlikte kentin dışına çıkar. Ancak, kısa bir süre sonra çok önemli bir konuyla ilgili olarak birini kente göndermek gerekir. En çok güvendiği adamı olan Azer'i çağırır. "Karısına kesinlikle yaklaşmaması" gerektiğini tekrar tekrar hatırlatarak onu kente gönderir.

Azer, görevini yerine getirip de geri döneceğinde, her nasılsa, kendi evinin bulunduğu sokaktan geçecek olur. Ayağı düşmüşken evine uğramak ister, uğrar. Can sıkıntısını süslenip bezenmekle gidermeye çabalamış olan karısı, ise, o gün için çok güzeldir. Ve Azer; karısının bu güzellik ve çekiciliğine dayanamaz, ilişkide bulunur. Doğduğunda İbrahim adı verilecek olan çocuk böylece ana rahmine düşmüş olur.

Nemrut; kendisi, dini, hükümranlığı için sorun oluşturacak olan çocuğun ana rahmine düşeceği gecede tüm erkekleri ve kadınları birbirinden uzak tutmak yoluyla almış bulunduğu bu önlemi yeterli görmez. "Ne olur, ne olmaz" dercesine bu kez de ülkenin dört bir yanında adamlar görevlendirir. Bu adamlardan her biri on evi gözetleyecek, her doğum olayında gerekli incelemeyi yapacak, eğer doğan çocuk erkekse öldürülecek, kız olursa el sürülmeyecektir.

Ancak, şüphe duyulmayacak kadar güvenilir bir kimse olan Azer'in evi için gözetim yapacak böyle bir nöbetçiye gerek görülmemiştir. Bu yüzden de İbrahim'in annesinin gebeliği saptanamamış durumdadır. Azer de bunun farkında değildir başlangıçta. Yalnız çok sürmeyecek, koca, karısının gebe olduğunu anlayacak; bunun üzerine kadın, kocasına, "Aman bunu gizleyelim. Kız olursa sorun yok. Erkek olursa elimizle Nemrut'a teslim ederiz de böylece daha çok güvenini kazanırız.." diyecek ve durumu Nemrut'a bildirmesinin önüne geçecektir.

Ve doğum ...

Günlerin geçmesiyle birlikte "gebelik" ilerlemekte, doğum günü yaklaşmaktadır. Bebeğin eli kulağında .. Ha geldi, ha gelecek... Kadın, bu kez de kocasına "Tehlikesiz bir doğum için tapınakta itikâfa girip, duada bulunsan.." diye önerir. Azer, "vezir" olmasına karşın, sırf elinin emeğiyle kazandığını yemiş olmak için put yapıcılığıyla geçimini sağlamağa çabalayacak ölçüde "dindar" bir İnsan... Bu öneri üzerine hemen tapınağa koşar...

Anne (ki, farklı rivayetlere göre adı Emile veya Buna veya Şani veya Uşa'dır) bu oyunuyla kocasını doğumdan uzak tutmayı başarır. Böylece doğacık çocuğun erkek olması halinde öldürülme ihtimaline karşı önlemini almış olur

Doğum sancısı artar artmaz da geceleyin evini terk ederek kentin dışına çıkar, uygun bir sığınak aramaya başlar..

Ve bir mağara..

Bu mağarada gerçekleştirilen doğum..

Bebeğin bezlere sarılıp sarmalanarak mağaranın bir köşesine bırakılması..

Mağaranın ağzının (farklı varyasyonlara göre) taşlarla örülerek veya büyük bir taşla kapatılması.

Sabaha doğru, yükünden kurtulmuş olarak eve dönüş.

Günlerden 10 Muharrem'dir...

Evine dönen kadın, hemen, kocasına haber iletir: "Gelsin!..."

Heyecan içinde gelen koca öğrenir ki, karısı bir erkek çocuk doğurmuş; ancak bebek ölü doğmuştur. Koca karısının sağsalim kurtulmuş olmasından dolayı büyük sevinç içindedir... Üstelik öz oğullarını öldürmek veya öldürsünler diye başkalarına teslim etmek gibi bir sorunlarının kalmamış olması da ayrı bir rahatlama sağlamıştır.

"Anne" eline geçen fırsatı değerlendirerek sık sık mağaraya gitmekte, oğluyla ilgilenmektedir. Özellikle de her gidişinde ilk işi gibi, son işi de çocuğunu iyice emzirmek olmaktadır. Düzenli bir besleme imkânının yokluğundan kaynaklanan boşluğu her gidişinde bol bol emzirerek kapatma çabası...

Bu gidişlerinden birinde bir de ne görsün: Bebek sürekli olarak parmaklarını emmiyor mu? Eğilip bakıyor... Parmaklarının birinden süt, diğerinden bal, üçüncüsünden de su gelmektedir, çocuğun her emişinde, emmek isteyişinde. Anne, mutludur. Çünkü beslenme sorunu da böylece çözümlenmiştir.

Mağara'dan çıkış...

Çocuğun mağarada geçirdiği süre, kimilerine göre 16 yıl... Kimilerine göreyse, yalnızca 15 ay. Çünkü her bir gün geçtiğinde bebek bir "ay" ve her bir ay geçtikçe de bir yıl almış olarak büyüyor. Dolayısıyla 15'inci ayın sonunda 16 yaşında bir delikanlıdır... (Belirtilen gelişme trendine göre bebeğin 15 ay sonunda 55 yaşına filan gelmesi lazım...)

15 ay veya 16 yılın sonundaki "delikanlılık" çağının gelip çatması üzerine, anne, çocuğunu mağaradan çıkarır. Gecenin karanlığında ışıl ışıl yıldızları şaşkınlıkla izleyen çocuk, birden, gecenin en parlak yıldızı "Müşteri"yi görünce, "İşte, benim Rabbim" diye seslenir. Ama yıldız az sonra sönükleşirken yükselen ay gökyüzünde ışıldamaktadır. Bu kez de, "ay" için "İşte, benim Rabbim bu..." der.

Anne, o gece eve dönmez. Çocuğunu izleyerek hasret giderir.

Derken, sabah... Güneşin çıkışı ve çocuğun bu kez de "Hayır... Benim gerçek Rabbim budur.." deyişi ve de batan güneşle birlikte, çocuğun "Benim Rabbim bunları yaratandır." gerçeğine erişmesi. Çünkü o, "batanları sevmemiştir".

"Rabbini arayan çocuk"taki coşku anneyi de öylesine etkilemiştir ki, gece ve gün boyunca geri dönemediği gibi, işte şimdi de çocuğunu bırakmaya yanaşamamaktadır.

Karar verir: Çocuğunu evine götürecektir.

Annenin bu karara varmasında, aradan geçen zaman içinde Nemrut'un korkularının geçmiş bulunmasının, ortaya kimselerin çıkmamış olmasından dolayı "müneccim"lere inancının sarsılmış olmasının, bu yüzden de halkın üstündeki "erkek çocuk baskısı"nı kaldırmasının ve hatta olayı handiyse unutur duruma gelmesinin de payı büyük...

Evlerine giden yoldalar.

Çocuk, "'Anne, senin rabbin kim?" diye sorar.

Yanıt: "Baban..."

Yeni bir soru: "Babamın Rabbi?..."

Annesi: "Nemrut..."

Bir soru daha: "Ya Nemrut'un Rabbi kim?..."

Yanıt yok. Ve, anne çocuğunu susturma yolunu tutar...

Eve geldiklerinde, Anne tüm olanları kocasına anlatır. Azer de bu gelmiş olan "genç adam"a öylesine içten bir sevgi duyar ki, karısından öğrendiği gerçekleri Nemrut'a anlatmaya gönlü bir türlü elvermez. Oğlunun, peş peşe soruların hep sonuncusu olan "Peki, Nemrut'un Rabbi kim?" sorusuna karşılık kızgınlığından tokat atmasına karşın, evet, yine de onu ele veremez.

Oğluna kıyamamaktadır.

Nemrut'la tanıştırılma

"Vezir baba" bağrına bastığı oğlunu sonsuza kadar hükümdardan gizleyecek değil ya... Tanıtmak zorunda... Alır, Nemrut'un huzuruna çıkarır: "Uzun yıllar önce gurbete çıkmış olan oğlum... Döndü..." diyerek bir "açıklama" yapar.

İbrahim, artık, toplum içindedir. Başlıca işi ise, babasının yonttuğu putların satıcılığı... Satacağı putların boyunlarına birer ip geçirmekte, sokak sokak yüzüstü sürüyüp ardından çekerken de bağırmakta "En küçük bir yararı olmayan, tümüyle zararlı bu şeyleri yok mu bir alan?..."

Halkta öfke... Ama Azer'in saygınlığı dolayısıyla kimse ses çıkaramıyor bu davranışa. Katlanıyorlar...

Sonunda, baba ile oğul arasında "Rabb" konusunda büyük bir tartışma çıkar. Halk bir yana, artık babanın da dayanacağı yok bu yermelere. Kaldı ki, halk arasında da "mırıltı"lar artmakta.

Öfkeli baba kalkar, doğruca Nemrut'a gider. Oğlundan yakınmakta ve bir dilekte bulunmaktadır:

"Oğlum bizim tanrılarımızı yadsıyor. Belli ki, eğitilmesi gerekecek. İzin veriniz, onu bir süre büyük tapınağa gönderelim: Oraya gelip gidenlere bakarak, yapılıp edilenleri görerek tanrılarımıza karşı nasıl davranması gerektiğini öğrensin..."

Öneri, Hükümdarın onayından geçer.

İbrahim, büyük tapınakta.. Bir köşeye oturup, geleni gideni ve gelenlerin "put"lara tapınışını, adak adamalarını, kurban sunmalarını izlemekte.. Sunuların büyük bir bölümü "yiyecek" ve "içecek" şeyler. Bunlar putların önüne konuluyor, bir süre bekletildikten sonra "kutsanmış" oldukları varsayılarak alınıyor. Ya, "teberrük" niyetine yeniliyor veya "sadaka" olarak tapınaktaki görevlilere bırakılıyor.

Put-kıran...

İbrahim, fırsatını her düşürdükçe, hemen putların yanına gitmekte, yüzlerini yiyecek ve içeceklerin içine sokmakta, "haydin yesenize, içsenize" diye bağırmakta ve bununla da kalmayarak onları dövmekte, yumruklamakta, tekmelemektedir...

Daha büyük kimi eylemler içinse, daha uygun zamanlar kolluyor olsa gerek...

Nitekim bu uygun zamanın gelmesi gecikmeyecek ve İbrahim gerçekten de büyük eylemini gerçekleştirecektir.

Bayram... O gün için tüm halkın tören yerinde toplanması, karşı çıkılamaz bir gelenek. Tapınaklar bile kapatılmakta, herkes tören alanına koşmakta.

İbrahim'in bulunduğu büyük tapınaktakiler de bu geleneğe uymak zorunda. Yola çıkacaklarken, "hasta" olacağını yıldızlardan öğrendiğini belirtip, onlarla birlikte gitmemenin bir yolunu bulur. Diğerleri tapınağın kapısını kapatır, İbrahim'i de dışarıda bırakıp giderler. Onlar gider gitmez, İbrahim bir yolunu bulup tapınağa dalar...

Elinde bir balta, putları kırıp geçirmeye başlar... Tümünü parçalar... Yalnızca en büyüklerine ilişmez. İşini bitirdikten sonra da baltayı götürüp bu "büyük put"un boynuna asar ve dışarı çıkar.

Tören sonrası tapınağa gelenler karşılaştıkları görüntü karşısında "dehşet"e düşerler. Ne yapacaklarını bilemezler. Haber salınan Nemrut hemen olay yerine gelir.

"Bunu" kimin yapabileceği tartışılmaktadır. Hemen İbrahim oradan atılır: "Bakınız, balta onda; büyük put yapmış olsa gerek.." yollu bir söz söyler. Bu sözleriyle, "Tek Tanrı"ya çağrı dolayısıyla Nemrut ile aralarında büyük bir tartışma başlar...

Ve, İbrahim "tek kuşku duyulan kişi" olarak yakalanır...

Yapılan danışmalar sonucu biçilen ceza: "Büyük bir ateş yakıp, onun içine atalım."

Tanrılarına karşı gelen kişiyi yakma kararındalar...

"Ateş" hazırlanıyor...

Bir yandan yakılacak odunu sağlama çalışmaları sürdürülürken, öte yandan ateşin yakılacağı yerin çevresi kalın duvarlarla çevrilir. Bir "ateş havuzu" hazırlanıyor, besbelli...

Yakılacak ateşin odunlarıyla ilgili çalışmalar başlı başına bir olay. Yakmanın herkesçe duyulup "ibret" oluşturması amacıyla Nemrut bunu herkese bir "yurttaşlık" görevi olarak yüklerken, öte yandan yurttaşlar da böyle bir yükümlenmeye gerek bırakmayacak bir gönüllülük içinde odun sağlamak için çırpınırlar. Çünkü "din"lerinin gereğini yerine getirmektedirler.

Nitekim halledilecek işi, iyileşme bekleyen hastası, korkusu, açmazı, sıkıntısı olan hemen herkes artık "odun sağlama" doğrultusunda "adak"ta bulunmaktadır. Ölenler, ölmek üzere olanlar iyi birer "dindar" olmanın gereği, "hayır-hasenat" olsun diye "odun sağlanması" yolunda vasiyetler yapmakta; dindar yaşlı kadınlar eğirdikleri yünden elde ettikleri paranın bir bölümünü boğazlarından keserek odun sağlamak için harcamaktadırlar.

Halkta böylesine bir coşku var, bir "inanç" coşkusu.

Bu coşkuyu daha üst düzeyde yaşamak için dağlara çıkıp, adeta sürünürcesine bir yürüyüşle, eline geçirdiği bir iki dal parçasını "Ateş Yeri"ne taşıyan yaşlı ve hastalara varıncaya dek herkeste,"daha çok katılıp daha çok sevap alma" çırpınışı...

Bu anlayışın dışında kalan tek yaratık ise, deve... Odunların niçin taşındığının farkında ve bu yüzden sırtına vurulan yükleri deviriyor, taşımamak için inat ediyor. Vurulan değneklere karşın, hep direniyor. Bu yüzden de İbrahim'in duasını almakta.. Katır ise, tersine, yükü sırtlanma işini severek yapmakta ve o da bu yüzden İbrahim'in lanetini çekmiş bulunmakta...

Rivayetlerde daha pek çok hayvana ilişkin epeyce "haber" bulunmakla birlikte bir misal olsun diye bu kadarını aktarmakla yetinelim.

"Ateş"e atma

Evet; gerekli yakacak sağlanmış, olay köşe-bucak her yana duyurulmuştur; iş tamamdır. Artık ateş yakılabilir. Cezalandırma günü gelmiştir.

Dört bir yandan tutuşturulan odunlar, çatır çatır yanıyor. Odunların tam tutuşması için bir hafta bekleniyor. Öylesine bir yığınak yapılmış. Tutuşmanın gerçekleşmesiyle birlikte alevler gökyüzünü yalar gibi yükseliyor. Hararetin yüksekliğinden ötürü çevre duvarının yakınına yanaşmanın imkânı yok. Hatta sıcaklığın etkisiyle kuşlar bile yöreden uzaklaşmış bulunmakta; havada uçan kuşa bile rastlanmamakta..

Ateş bu kıvamdayken, elleri ve ayakları kelepçeli, prangalı, zincirli İbrahim hapisten çıkartılıp getirilir. Ateşe atılacaktır; ama ne mümkün. Yanına yanaşılamayacak kızgınlıktaki ateşe karşı "atmak" diye bir eylemini gerçekleştirmek mümkün değil ki, İbrahim'i de atabilsinler. Sorun büyük...

Bu çaresizlik anında, birden, şeytan çıkıverir ortaya. Genellikle öyle yapar ya, yine bir "saygın ulu kişi" kılığına girmiştir. Vakarlı bir yürüyüşle Nemrut'un yanına varır. Kendini

"İki yüz yıldan bu yana size tapınan, duacılarınızdan bir yaşlı kimse." olarak tanıtır. Nemrut'un kendisine ne istediğini sorması üzerine de, "Bu cadıyı yakmak istediğiniz halde, yakmanın, ateşe atmanın bir yolunu bulamadığınızı işittim de, yakmak için yol göstermeye geldim." yanıtını verir. Ve onlara "mancınık" kurmayı öğretir.

Mancınık hazırlanmıştır, ama, çalışmamaktadır. Melekler engel olmaktadır, işleyişine. Şeytan bunun farkına varınca bu kez de "melek"leri uzaklaştırıcı bir yol önerir: "Eğer mancınığın çalışmasını istiyorsanız, biri kız diğeri erkek iki kardeş bulup, burada, bu mancınığın yanı başında zina ettireceksiniz ve o sırada da işlemeye başlayan mancınığa İbrahim'i koyarak ateşe fırlatacaksınız."

Şeytanın önerisi doğrultusunda biri erkek, diğeri kız iki kardeş bulunur. Mancınık başında onlara "zina" yaptırttırılırken, İbrahim de mancınığa konulur ve ateşe doğru fırlatılır.

Ateş değil, gül bahçesi...

Mancınıkla fırlatılan İbrahim havada, uçar gibi ateşe doğru gitmektedir, büyük bir hızla... Yüce Allah'ın buyruğu üzerine Cebrail yetişir, onu tutar ve bir isteği olup olmadığını sorar. İbrahim, "Senden bir isteğim yok. İhtiyacım, ancak, Yüce Allah'adır." yanıtını verir... "Ben onun kuluyum, ateş de O'nundur. O bana yeter. Nice dilerse, öyle eylesin." diye ekler. Bu sözler, O'nu, "Halil" katına yükseltir.

Yüce Allah, ateşe, "İbrahim'e karşı serin ve selametli" olmasını buyurur. İbrahim de ateşe indiğinde, ateş kenara çekilir, orta yerde bir alan açılır, güzel bir pınar fışkırır ve çevresi güllük gülistanlık, çayır çimenlik bir hal alır. Bu arada,

İbrahim'in elindeki, ayağındaki kelepçeler, prangalar, zincirler de çözülüp, dökülmüştür.

Ve, İbrahim ile birlikte biri daha vardır, bu gülistanda. Oturmuş, söyleşmektedirler.

Nemrut'un teslim oluşu...

Günlerce uzaklıktaki yerlerden bile görülebilen bu ateşin içinde geçen olayları, Nemrut da, koca sarayına yaptırdığı bir tahta kulenin yükseklerinden izlemektedir. Büyük şaşkınlık içindedir.

Seslenir: "Ateşi gül bahçesine kim çevirdi?"

İbrahim, "Ateşi yaratan.." yanıtını verir.

"Peki yanındaki kim" sorusunu ise, İbrahim "Bir melek.." diye yanıtlar.

Bunun üzerine Nemrut ateşten çıkıp gelmesi için İbrahim'e ant verir. Nemrut'a, doğru yürüyen İbrahim'in her adım attığı yerden ateş çekilmekte, bastığı yerler çimenlik olmaktadır. Böylece ateşten çıkan İbrahim'e, Nemrut, "Ey İbrahim, ulu bir tanrın varmış, gerçekten.." der ve O tanrıya "konuk" olmak isteğini açıklar. İbrahim, "benim Tanrımın senin konukluğuna ihtiyacı yoktur" diyerek onun bu dileğini geri çevirirse de, bir "yakınlık" kurmak isteyen Nemrut'un buyruğuyla binlerce at, deve, koyun, sığır ve kuş getirilip İbrahim'in karşısında kurban edilir. Ama bu kurbanlar Yüce Allah tarafından kabul edilmez.

O dönemlerde kabul edilen ve edilmeyen kurbanları birbirinden ayırmak mümkündür. Kabul edilen kurbanı gökten inen bir ateş yakıp kül etmektedir. Nemrut'un kurbanlarına bu ateş inmediği için, herkes, onun kurbanlarının Yüce Allah tarafından kabul edilmediğini anlar. Nemrut utanca düşer. İbrahim'in yüzüne bakamaz. Dönüp sarayına girer, kapısını sürgüler ve üç gün boyunca da kimselere görünmez ..

Nemrut'un gökyüzü üzerine seferi

Nemrut utancını yaşayadursun, halk arasında da İbrahim'e eğilimler baş göstermeye başlamıştır. Gerek düştüğü utanç durumundan kurtulmak ve gerekse İbrahim'e peygamber olarak inanmanın önünü almak amacıyla, Nemrut bu kez de "İbrahim'in Tanrısı" ile savaşmayı kurar. Gökyüzüne gidecek, orada "İbrahim'in Tanrısı"nı "vurup öldürecek" ve böylece yerde ve gökte "tek tanrı" olarak kendisi kalacaktır.

Bu doğrultuda hazırlıklar yapar, yaptırır. İki kapılı büyük bir sandık hazırlatır. Kapılardan biri göğe, diğeri yere doğru açılmaktadır. Sandığın dört ucuna dört mızrak diktirir. Bu arada dört güçlü kuvvetli kartal buldurtup günlerce aç bıraktırır. Tüm bunlar gerçekleştirildikten sonra, silahlarını ve vezirlerinden birini alıp, sandığa yerleşir. Mızrakların ucuna "et parçaları" asılır. Kartallar da getirilip sandığa bağlanır.

Şimdi, kartallar mızrakların ucundaki et parçasına doğru sıçradıkça, sandık havalanmakta, "et" peşindeki kartallar onu gökyüzüne doğru alıp götürmektedirler.

Bir gün bir gecelik yolculuğun sonunda, Nemrut vezirine buyurur: "Yer kapısını aç da bir görelim, ne gözüküyor." Vezir, açar bakar ve yanıt verir: "Yer, toz gibi görünüyor." Bu kez, "gök kapısı"nı açtırıp, baktırır ve yine "toz gibi" yanıtını alır. Bir gün bir gece daha uçarlar. Vezire yine kapıları açtırıp, ne gördüğünü sorar. Vezir, her iki kapıdan yaptığı gözlemini de "duman gibi, başka bir şey görünmüyor" cümlesiyle anlatır. Bir gün bir gece daha yolculuktan sonra yine aynı soru... Ve araştırma sonunda, vezirinden "hiçbir şey görünmüyor" yanıtı gelince, Nemrut eline yayını alır, üç oku peş peşe gökyüzüne doğru salar. Yüce Allah'ın buyruğu üzerine üç ok da Cebrail tarafından kana bulaştırılıp, hemen, Nemrut'un üzerine bırakılır.

Nemrut mutludur. "İbrahim'in Tanrısı"na karşı savaşı kazanmıştır. Buyruk verir. Mızraklar aşağı doğru çevrilir. Kartallar bu kez de "et" aşkına aşağı doğru uçmaya başlarlar ve yeryüzüne doğru yol alınır. Ancak, bu ara, gökyüzünde şimşekler, yıldırımlar birbirini kovalamaktadır. Bununla birlikte, Nemrut'un sandığı yere kazasız belasız iner.

Gökyüzü'ne karşı ikinci saldırı...

Nemrut kazasız belasız inmiştir inmesine ama, "Yeryüzü" öyle kalmamıştır. Dönüş yolundayken gördükleri şimşek ve yıldırımlar Yeryüzünü harabeye çevirmiştir. Yıkılan kentler ve ölen insanlar karşısında Nemrut beyninden vurulmuşa dönmüştür. Çünkü "öldürdüm" sandığı "İbrahim'in Tanrısı" bu savaşı da kazanmıştır.

Hemen ikinci bir "sefer"e karar verir. Savaşını sürdürecektir, "İbrahim'in Tanrısı"na karşı. Bu kez, çok yüksek bir kule yaptırarak gökyüzüne tırmanmağı tasarlar. Yaptırır da...

Askerlerinin başında kuleyi tırmanmaya başlar. Bu kez ordularıyla birlikte gökyüzüne saldırmanın peşindedir. Kalabalık bir kitle kulenin dönemeçlerini aşarak habire yol almaktadır. Ama yine başaramayacaktır. Mümkün mü?..

Kule sarsıntı geçirir. Öyle ki, tırmananlar korkudan dillerini bile unuturlar. O güne dek tek dil olan "Süryanice" yerine 73 dil birden türeyiverir de, insanlar birbirlerinin dillerini bile anlamaz duruma düşer.

Tüm bunlar olurken, İbrahim Peygamber de kendisine inanan tek kişiyle, yeğeni Lut Peygamber ile birlikte Babil'den göç edip uzaklara gitmiştir.

Nemrut yeni ordu hazırlıyor...

Nemrutun tüm bu çarpık davranışlarına karşın, Yüce Allah ondan nimetini kesmemiştir. Ona tam bin yıllık bir "padişahlık vermiştir. Bu saltanatı ise Nemrut'u daha bir azgınlaştırmış, "Ben İbrahim'in Tanrısı'nı bırakmam, elbette yine savaş ederim.." diyerek antlar içmeye başlamıştır.

Bunun üzerine, Yüce Allah, meleklerden birini "insan kılığında" gönderir Nemrut'a. Bu melek öğüt vermeye başlar, ona: "Ey Nemrut, böyle yapma. Sen, Allah'ın zayıf bir kulusun. O, sana bin yıl padişahlık verdi. Kadrini bilmedin ve şükretmedin. Üstelik Peygamberini de ateşe attın, yurdundan ayırdın. Dahası, Allah ile savaşmaya kalkıştın. Bunlardan ötürü Allah sana ceza vermedi. Geri dön, tövbe et, İbrahim'e iman getir. Yoksa, Allah seni helak eyler."

Bu sözlere Nemrut'un verdiği karşılık şu olur: "Anlaşılıyor ki, sen o cadıdan yanasın. Ben, benden başka padişah tanımam. Egemen olan benim. Gökteki nesneden de bilgim yoktur. Eğer, gökte benden daha yüce bir padişah varsa, sen de İbrahim gibi onun adamı olsan gerek. Var git o padişahına söyle, ordusunu toplayıp getirsin. Ben de ordumu topluyorum. Gelsin savaşalım. Yenik düşersem ülkem onun olsun. O yenik düşerse, zaten, ülke benim ülkemdir..."

Bu sözler üzerine, melek, "Eh, uğraş da görelim!..." diyerek çekip gider. Nemrut da, her yana haber salıp, "gök tanrısı" ile savaşacağını duyurur, asker ve silah toplamaya başlar. Yüz bin asker hazır olunca da, kendisine gelen "insan kılığındaki" meleği buldurtup, ona, "Git şimdi gök tanrısına söyle, ben hazırım; o da askeriyle gelsin de savaşalım." der.

Nemrut'un meydan okuması karşısında "melek", "Ey, miskin, senin gibi bir çaresizle uğraşmak için askere ne gerek var? Yüce Allah kemine kemter yaratığına buyursa, seni ve askerlerini bir anda yok eder." diyerek, yüzünü göğe çevirir ve "Ya Rab, bu din düşmanının ne söylediğini sen bilirsin... Vakittir ki, bunun hakkından geline.." diye dua eder.

Bunun üzerine Yüce Allah, yaratıklarının içinde en zayıf asker olan sivrisineğe buyruk verir. Sayısız denilebilecek ölçüde çok sivrisinek gelerek Nemrut ordusunun üzerine üşüşür, ısırdıkları kimsenin işi bitmiş olur. Ordu kırılmış, Nemrut bir başına kalmıştır...

Nemrut'un ölümü...

Ordusu sivrisinekler tarafından bozgun ve kırıma uğratılırken, Nemrut atının hızlı koşuşundan ötürü kendini kurtarabilmiş, kaçarak sarayına kapanmıştır. Tüm kapılarına, pencerelerine kilitler vurmuş, dışarıyla olan bağlantısını kesmiştir. Ama Yüce Allah'ın buyruğu üzerine "sinekciklerin pek zayıfçalarından" birisi onun peşini bırakmamıştır. Bir ayağı topal, bir gözü kör olan bu sivrisinek havadan inip baca deliğinden içeri girerek "görev"ini yapmak imkânını yakalar.

Evet; bu bir gözü kör ve bir ayağı topal sivrisinek, ilkin, Nemrut'un dizinin üstüne konar. Nemrut'un vurmak istemesi üzerine, bu kez yüzüne konar. Nemrut yüzünden kovmak isteyince de, birden burnunun içine girer ve ta beynine dek gider...

Beynindeki sinek, Nemrut'u azar azar kemirmeye başlamıştır. Nemrut, o acıyı duymamak için iki eliyle yüzünü ve başını dövmeye başlar. Bu dövmeler sırasında, sivrisinek kemirmeyi bırakıyor, Nemrut da rahatlamış oluyordu. Bunun üzerine

Nemrut'un başını dövmek üzere özel tokmaklar hazırlanır. Tokmakla dövmek için adamlar atanır. Bunlar Nemrut'un başını tokmakla dövmeye başlar. Öyle ki, yavaş vurduklarında Nemrut sinirlenir, sert vurduklarında da hoşlanır.

Bu uygulama kırk gün sürmüş; bin yıllık ömrü boyunca hiçbir acı, hastalık ve zahmet görmemiş olan Nemrut, böylece, kırk gün boyunca indirilen tokmaklarla başı ezilince ölmüştür.

IV. Diğer Rivayetler

En yaygın rivayetlerden birine benzer görünümlü diğer rivayetlerden aktardığımız kimi olayları da eklediğimizde, işte, böyle bir Nemrut'la karşılaşıyoruz. Ancak, yapmış bulunduğumuz "rivayetlerarası derleme"ye karşın Nemrut'u tam anlamıyla çizmiş sayılabilecek durumda değilizdir. Çünkü derleme yaptığımız rivayetlerin birbiriyle uyumsuz ve hatta çelişkili kimi yanları, yukarıdaki akışın dışında bırakılmıştır. Çizimi tamamlamak için bunların da dile getirilmesi gerekir.

Ayrıca bu en yaygın rivayete benzer yanları olmakla birlikte, bir yanıyla da ondan -neredeyse- bütünüyle denilebilecek ölçüde ayrılan kimi rivayetler vardır, Bizim aktardığımızı "birinci rivayet kümesi" olarak adlandıracak olursak, bunları da ikinci bir küme diye sayabiliriz,

Bu rivayetlere bir de Nemrut'un "tarihsel kişiliği" belirlenmiş olan Hammurabi olduğu varsayımını eklersek, konu işte belki o zaman bütünüyle gözler önüne konulmuş olur,

İlkin "birinci küme" diye adlandırdığımız ve derlemeler yaptığımız rivayetler arasındaki farklılıklardan başlıcalarını sunalım:

a) Aktardığımız rivayetlerde Azer'in eşi gebeliğini kocasından gizlemektedir. Kocası durumu anladığında da yavrusunu kurtarmak için "Oğlan olursa elimizle Nemrut'a teslim eder, böylece daha çok güvenini kazanırız." diyerek gebeliğinin kocası tarafından Nemrut'a duyurulmasını önlemektedir. Ayrıca doğum yaklaştığında kocasını çevresinden uzaklaştırmak için onu tapınakta itikâfa girip dua etmek için ikna etmekte, böylece ikinci bir önlem almaktadır. Doğum için geceleyin evinden uzaklaşması, doğumdan sonra bebeğini mağarada bırakması, eşine "Doğum yaptım ve bebek öldü." demesi, Azer'in oğlunun varlığını ancak çocuğun büyüyüp de mağaradan çıkarak eve geldikten sonra öğrenmiş bulunması, hep bu rivayetlerin verdiği bilgiler arasındadır.

Burada annenin çocuğunu kollamasına karşın babanın durumu öyle değildir. Ve annenin gizlice besleyip de büyüttüğü çocuktan, baba çocuğun evine dönmesi üzerine bilgi sahibi olmaktadır.

Bir başka rivayette bu bölüm daha değişik aktarılır. Bu anlatıya göre, Nemrut'un öldürme buyruğunu verdiği sırada Azer'in eşi gebedir. Ancak bu henüz belirgin bir gebelik değildir. Kısa bir süre sonra gebelik belirginleşince Azer doğacak çocuğunun Nemrut'un eline geçmemesi için çareler arar. Eşinin gebeliğini gizlemeyi tek çözüm olarak görür. Bunun üzerine de eşini alıp Basra ile Kûfe arasındaki Kûse köyü yakınlarında bir mağaraya götürerek gizler. Bu rivayette Azer eşinin ve oğlunun yiyeceklerini getirmek üzere sık sık ve gizlice mağaraya da gidip gelmektedir.

b) İbrahim'in atıldığı ateşin gül bahçesine dönüşmesi üzerine Nemrut'un şaşkınlığa düştüğü, ona seslendiği, ateşten çıkması için ricada bulunduğu, İbrahim ateşten çıktıktan sonra da karşılama sırasında birçok kurban kestiği aktardığımız rivayette geçmişti.

Kimi rivayetler, İbrahim'in olayın hemen ardından ateşten çıkmamış olduğunu, orada, ateşin ortasında oluşan o gül bahçesinde yedi gün kaldığını belirtir. Dahası, onun, sonradan bu günlerini anarak "Dünyada en büyük lezzeti aldığım dönemler, ateşin içinde kaldığım o yedi gün olmuştur." dediği de rivayetler arasındadır.

c) Bir başka rivayetteyse, Nemrut'un kızının İbrahim'e iman ettiği ve sonunda O'nun oğullarından biriyle evlendiği ve birçok peygamberler dünyaya getirmiş olduğu anlatılır.

Şöyle:

Nemrut'un Rağde veya Züleyha adında bir kızı vardır. İbrahim'in ateşe atılışını izlemek için babasından izin istemekte, babasının "şimdi o kül olup gitmiştir" sözlerine karşın, sonucu görmek yolunda ayak diremektedir. Sonunda gerekli izni koparır ve onu, ateşin ortasındaki gül bahçesinde, pınarın yanı başında görünce, sorar: "Ey İbrahim, nasıl oldu da ateş seni yakmadı?" İbrahim bu soruya karşılık "Kalbinde marifetullah ve dilinde bismillah olanı ateş yakmaz." karşılığını verir. Bunun üzerine, kız sorar: "Öyleyse ben de bu ateşe girebilir miyim?" İbrahim, "Lailaheillallah, İbrahim Halilullah" diyecek olursa girebileceğini belirtir. Bunun üzerine kız "iman getirir" ve ateşe girip, İbrahim'in yanına gider. Sonra babasına dönüp, ona da imana gelmesi önerisinde bulununca, Nemrut, kızına kulak tıkadıktan başka, işkenceler yapmaya başlar. İbrahim'in Nemrut'un yurdundan göçünden sonra da bir melek bu kızı kaldırıp, onun yanına getirir. İbrahim onu oğullarından biriyle evlendirir ve bu evlilikten birçok peygamberler doğar.

d) Andığımız rivayetler, İbrahim'in ateşten kurtulup çıkmasının ardından, Nemrut'un kurbanlar kesecek ölçüde bir "teslimiyet" içine girdiğini, ancak kurbanlarının kabul edilmemesi üzerine duyduğu utançtan dolayı gökyüzüne "sefer" düzenlediğini ve bu arada da İbrahim'in göç ettiğini, Nemrut'un ölümünün bu olaylardan sonra gerçekleştiğini belirtmektedir.

Bir diğer rivayet ise, çok daha değişik bir anlatımla konuyu bağlar. Bu rivayete göre Nemrut'un düzenlediği ordularla savaşa kalkışması üzerine "sivrisinek"lerin gönderilmesi ve Nemrut'un ölümü olayı, İbrahim'in göçünden öncedir. Yukarıda aktardığımız rivayette "melek" ile Nemrut arasında geçen konuşma da, bu rivayete İbrahim ile Nemrut arasında geçmiş gibi gösterilir.

e) Rivayette, İbrahim'in parmaklarından akan süt, bal ve su ile beslendiğini görmüştük. Bir başka rivayet ise, İbrahim'in bırakıldığı mağaranın tavanında bir delik bulunduğu, bir ceylanın her gün gelerek o delikten memesini sarkıtıp, bebeği emzirerek beslediği doğrultusundadır.

f) Nemrut'un "beynine girmiş olan sivrisinek" dolayısıyla başını tokmaklatarak yaşadığı sürenin dört yüz yıl olduğu yolundaki bir başka rivayete de değinmeden geçmeyelim..

V. Daha Değişik Bir Rivayet

"İkinci küme" içinde toplayabileceğimiz daha az yaygın rivayetler, söze, Nemrut'un doğumuyla başlar.

Şöyle:

Nemrut'un doğumu yaklaşırken babası Kenan bin Kuş (Kuş oğlu Kenan) bir rüya görür. Bu, bir düşten çok, bir kâbustur.

Yorumunu yapanlar, hükümdara, doğacak olan oğlunun kendisini öldüreceğini bildirirler.

Derken, çocuk doğar. Yeni doğan bebeğin burnuna bir yılanın girmesi üzerine, rüyasının yorumunu da anımsayan babası, hemen, çocuğunu öldürtmeye karar verir.

Ancak, annesi Sulha, yavrusunun ölmesini istememektedir. Bebeği kaçırır ve bir çobana emanet eder. Çocuk, yassı burnu ve kara derisi ile çobanın sürüsünün korkup dağılmasına yol açar. Bunun üzerine, bu kez de çobanın eşi çocuktan kurtulmanın yollarını arar ve onu bir ırmağa atar. Sular, bu bebeği kıyıya sürükler. Orada bir dişi kaplan tarafından bulunur, emzirilir ve büyütülür. Nemrut adı da, işte, "dişi kaplan" anlamındaki "namara" kelimesinden gelir...

Çocukluğundan başlayarak ortalığı kırıp geçiren Nemrut ilk gençlik yaşına ayak basar basmaz büyük bir çete kurar. Ortalığı kasıp kavurur, kana boyar. Derken, hükümdara karşı çıkabilecek bir güç edindiğinde de, saldırır ve öz babasını öldürüp, tahtına ve ülkesine el koyar. Öldürdüğü kimsenin babası olduğunu bilmemektedir. Bu yüzden, "ganimet"ler arasında bulunan öz annesiyle de evlenir. Bu arada, Azer de ona, içinden süt, yağ, bal ve şarap ırmaklarının aktığı, ağaçlarında yapma kuşların öttüğü bir saray yaptırır.

Egemenliği ele geçiren Nemrut, bu kez de, "İdris Peygamber"in öğrencileriyle uğraşmaya başlar. Zor kullanarak onlardan "Yıldızların Bilgisi"ni öğrenir. İblis de boş durmamış, ona büyücülüğü öğretmiştir.

Nemrut, artık "tanrılık" davasına kalkışmış ve çevresindekileri kendisine tapındırmaya başlamıştır. İşte bu sırada korkunç rüyalar görmeye başlar. Yıldızlardan İbrahim'in doğacağını öğrenir. Önlem olarak tüm çocukları öldürtme yolunu tutar.

Buna karşın, İbrahim'in doğumunu engelleyemez ve O'nun gelişiyle birlikte halkın Nemrut'a olan inancı sarsılır.

Bunun üzerine Nemrut, İbrahim'e uyarak Yüce Allah'a inanmaya başlayanlara yönelik bir zulüm başlatır. Onları yırtıcı hayvanların arasına atar. Ama hayvanlar inanan bu insanlara herhangi bir zarar vermez. Ardından yiyecek ve içeceklerini ellerinden alır. Bu kez de çöldeki kumlar buğday tanesine dönüşür de, İbrahim'e inananlar bununla beslenirler.

Böylece başlayan rivayet, İbrahim'in ateşe atılması ve Nemrut'un gökyüzü üzerine sefer düzenlemesi ile sürüp gider, sonunda da, diğer rivayette olduğu gibi, Nemrut sivrisinek dolayısıyla ölür.

Bu rivayetin diğerinden bir başka yanı da, gökyüzüne "sefer" yaptığı sırada Nemrut'un kulağına "Birinci kat gök beş yüz yıl uzaklıktadır. Göğün katları arasındaki uzaklık beş yüzer yıllıktır" sözlerinin çalınması ve sefer dönüşü yere indiğinde saçları ağarmış bir ihtiyar haline gelmiş olmasıdır.

Bölüm I
RİVAYETLER ÜZERİNE BİR DEĞERLENDİRME

Rivayetler Üzerine Bir Değerlendirme

I. Niçin "Değerlendirme"?

Yüce Allah'ın Kitabı'na göndermeler yapılan ve O'nun haberlerine uygun düşen bölümleri bir yanda tutulursa, Nemrut'a ilişkin rivayetlerin hemen hemen tamamı tarih anlatısından çok bir "efsane" görünümündedir. Kitap'a uygun düşen bölümler bile gerçekte Kitap kökenli değildir de, açıklamalarda kullanılmaya elverişli görülerek, böylece, Kitap ile aralarında ilgi kurulan ve temelde "efsane"nin bir parçası olan rivayetlerdir.

Demek ki, rivayet edilen olaylardan kimilerinin Kitap haberlerine uygun olması ya da bunların Kitap'taki "kıssa"yı açıklamada kullanılmasından dolayı aralarında "bağ" veya "yakınlık" görülmesi, "rivayet"lerin doğruluğunun kanıtı olamayacağı gibi, Nemrut'u da bir "efsane kişiliği" olmaktan kurtarmaya yetmez.

Gerçekten de Kur'ân-ı Kerim'de Nemrut diye birinden söz edilmez. Yalnızca tanrılık davasına kalkışan, bu arada İbrahim aleyhisselamın getirdiği dine karşı çıkan ve Yüce Allah'ın dostu olan bu peygamberi ateşe atma girişiminde bulunan "birisi" söz konusudur. Bu "birisi"nin Nemrut olduğunu gösterir Hadis-i Şerif de yoktur. O kadar.

Kaldı ki, Nemrut adı anılsa bile, anılmış olsa bile, efsaneleştirilmiş olan Nemrut'la aynı kişiliğin vurgulandığı sonucuna varılamaz. Çünkü, bu durumda, "doğru olan bir"e bin yalan katma ile yine bir "efsane kişiliği" üretilmiş olacaktır. Ki, Kitap ve Hadis böyle bir efsaneyi onaylayıcı "kanıt" olarak gösterilemez.

Ancak, Nemrut adını Tevrat'ta görebiliriz. Onun kudreti, iyi avcı oluşu ve Babil Kralı olarak kentler kurması anılır (Tekvin, Bab: 10, cümle: 8-12). Şu var ki, orada da "efsaneleştirici" ayrıntı yoktur. Efsane, oradakilerin boyutunu da aşmış olarak kıssalarda görülür.

Bu efsanenin içeriği, kapsamı, boyutları ve ögeleri diğer efsanelerle bir arada irdelendiğinde ve özellikle İsrailoğulları kıssalarının hangi tarihte yazılmış bulunduğunun bilinemeyişi göz önüne alındığındaysa, "efsane"nin mi bunlardan kaynaklandığı, yoksa bunlara mı efsaneden eklemeler yapıldığı gibi bir soruyla da karşı karşıya kalınabilir. Rivayetlerde hep Nemrut'a mal edilen kimi olayların Kitab-ı Mukaddes'te bir bölümüyle Titus ve Buhtunnasır'a ilişkin olarak anılmış bulunması da, Nemrut'un bir "efsane kişiliği" olması olasılığına daha bir ağırlık kazandırır.

Bu durumda, ortada yalnızca bir "efsane"nin "baskın" çıkışı, rivayetler üzerine böyle bir değerlendirmeyi zorunlu kılmaktadır. Bu yüzden de, konumuza, bu değerlendirmeyi yaparak gireceğiz.

II. "Doğum"dan Öncesi ve Sonrası

Musa aleyhisselamın doğumunun öncesinde Firavun'un doğan bütün erkek çocukları öldürttüğünü kesin olarak bilmekteyiz (28/Kasas: 4). Aynı olay Tevrat'ta da anılır. Bununla birlikte, olayın İbrahim aleyhisselamın doğumunun öncesinde de anılması, rivayetlerde İbrahim aleyhisselamın doğumuna yakın bir zamanda da tüm çocukların -bu kez Nemrut eliyle- öldürtülmesi, üstelik farklı isimler için bile olsa benzeri iki olaydan "rivayet"e dayalı olanın Musa kıssasından önceki bir zamana mal edilmiş bulunması karşısında iki türlü düşünmek mümkündür:

1. Gerçekte Musa aleyhisselamın doğumundan öncesi ile ilgili olan bu olay, Tevrat indikten sonra oradan kısmen (bazı durumlarda da tamamen) kopyalanıp, İbrahim rivayetlerine de eklenmiştir.

2. Tevrat-ı Şerif ve haliyle de Kur'ân-ı Kerim kıssalarında Musa aleyhisselamın doğumundan öncesi ile ilgili olarak anlatılan bu olay, şu veya bu yolla İbrahim aleyhisselam rivayetlerinin bir şekilde Musa aleyhisselama mal edilmesi sonucu kıssada yer almıştır. Açıkçası, "Acaba bu semavî kitaplar değişikliğe uğrattıktan sonra rivayetlerin haberlerini mi bize aktarmaktadır?"

Bu düşüncelerin ikisi de yanlıştır.

Tevrat ve Kur'ân indikten sonra rivayetlere eklemeler yapılmadığı yani rivayetler ta başından beri böylece sürüp gelmiş olduğu gibi, Tevrat ve Kur'ân'da da Musa kıssası aktarılırken rivayetlerden alıntı ve çalıntı söz konusu olmamıştır.

Olanın ne olduğunu anlayabilmek için belki de Mezopotamya merkezli olmak üzere Ortadoğu'da dilden dile aktarıla gelen başkaca kadim rivayetlere de bakmak gerekir.

Söz gelimi aynı anlatı Akad kralı Sargon'un doğumundan önceki olaylardan söz eden rivayetlerde de yer alır. Nitekim ilerideki bölümlerde "Nemrut kimdir?" sorusuna yanıt aranırken bu rivayete de değinilecektir.

Bu konuda belki şöyle düşünülebilir:

Evet; Yüce Kitap'ta Musa aleyhisselam için anlatılan olayların benzerleri -hatta neredeyse aynısı- rivayetlerde sadece İbrahim aleyhisselam için, daha da ilginci Nemrut için; tabletlerde de Kral Sargon için anlatılır.

Bunun nedenlerini sorgulayacakken, bir zemin oluşturmak üzere, öncelikle Edebiyat dünyasında kısa bir gezinti yapalım:

Daniel Deofe'nin "Robinsonade" romanlara öncülük eden "Robinson Crusoe" romanın yazımında esinlendiği ileri sürülen İbni Tufeyl'in "Hayy bin Yekzan" kitabında da (ki aynı konuyu İbni Sina'nın da işlediği belirtilir) Hayy bin Yekzan adlı çocuk annesi tarafından bir sepet içinde suya bırakılır ve sürüklendiği adada (Robinson gibi) yaşamaya başlar.

Konuların örtüşüyor derecede yakınlığına işaret etmek için verdiğimiz bu örnek bize şunu gösteriyor: Dünya Edebiyatındaki yazılı ve sözlü eserlerin incelenmesi sonrasında edebiyatta işlenen "tema"ların sayıca çok az olduğu belirlenmiş, bunların sayılarının (şu anda kesin rakam hatırlayamıyorum) diyelim ki 7-8 "iskelet" niteliğindeki temadan ibaret olduğu görülmüştür. Hani, bizim sinemada "fakir kız zengin oğlan" temasından yüzlerce film yapıldığı örneğindeki gibi.

Ya da -bu filmlere de kaynaklık yapan- Fuzuli ve pek çok şairin işlediği "Leyla ve Mecnun" öyküsünün söz gelimi Batıda "Pol ve Virjini", özellikle "Romeo ve Jüliyet" olarak yazım konusu olması gibi.

Ya da benim ninemin masallarında dinlediğim kuleye kapatılmış sultan hanımın Batı'nın Rapunzel masalındaki gibi saçlarını aşağılara salıp da sevgilisinin kuleye tırmanmasını sağlaması örneğinde olduğu üzere...

Bu durumda şunu düşünebiliriz: Özellikle Ortadoğu diye andığımız bölge ve çevresinde (hani Nemrut ve Sargon için anlatılanlarda olduğu gibi) hükümdarların çocukları öldürtmesi, çocuğunun hayatını kurtarmak isteyen hemen her annenin çaresiz kalınca onu bir sepet/bir kap içinde suya emanet etmesi hikâyesi öteden beri (tarih zamanlarının öncesinden itibaren, yani en azından Sargon zamanından bu yana) bilinen çok yaygın bir söylentidir. Bu yüzden de başı sıkışan Nemrut'un annesi de, Sargon'un annesi de bu bilinen hikâyelerde olduğu gibi aynı şeyi yapmışlar; çocuklarının hayatını kurtarmak için onları suya salmışlar.. İbrahim aleyhisselamın annesi de çocuğunu mağarada saklamıştır.

Bunun/bunlar gibi, mesela Musa aleyhisselamın annesi de çocuğunun hayatını kurtarmak için -dinlemiş olduğu hikâyelerin/söylencelerin etkisi ve itkisiyle- onu suya salmıştır. Bunda şaşılacak bir şey olmadığı gibi, bu olayın Sargon ve benzerlerinden alıntılandığını söylemenin de tutarlı bir yanı yoktur.

Doğum öncesine ilişkin bu "durum", doğal olarak, "doğum sonrası"nı da biçimlendirmiş; İbrahim de Musa gibi (onlara selam olsun) annesi tarafından "bırakılmış"tır. Şu var ki, birinde "ırmak" söz konusu iken, diğerinde "mağara"ya bırakılma vardır.

"Rivayetler"in bu "her dağdan bir kesek" örneği yapısı, özellikle, Nemrut'un doğumundan sonraki olaylarda belirginleşmektedir. "Rivayet"te çirkinliğiyle sürünün dağılmasına yol açan "bebek Nemrut", çobanın karısı tarafından bir ırmağa bırakılmaktadır. Aynı söylentinin Akad devletinin kurucusu "Sargon" için de söz konusu olduğunu anımsarsak, Musa Peygamber'in yaşamıyla da ilgili olduğu Kur'ân-ı Kerim tarafından bildirilen (28/Kasas: 7) bu ve benzeri olayların dilden dile nasıl dolaştığı ve çeşitli efsaneler oluşturmada nasıl bolca kullanıldığı daha bir açıklık kazanır. Anlaşılan, budur.

III. "Allah'ı Arayış"

"Bebek İbrahim"i bir mağaraya bıraktıran "rivayet", on beş ay veya on beş yıl sonra on altı yaşındaki "delikanlı İbrahim"i mağaradan çıkardığında da, O'na, Allah'ı aratır. Yüce Kitap'ta İbrahim aleyhisselamın Gökcisimlerine tapmakta olanlarla yaptığı tartışma sırasında kullandığı sözler, rivayetlerde, mağaradan çıktığında "yıldız"ı gördü de "benim rabbim, bu" dedi biçimine sokulur. Aynı anlatımlar ay için, güneş için bir kez daha -ayette olduğu üzere- yinelendikten sonra, "Ben batanları sevmem!" diyen delikanlı İbrahim, Allah'ı bulmuş olur.

Konuya açıklık getirmek için "rivayet"in bu bölümünü, burada, ayrıntılarıyla aktarmalıyız:

Yine bir gece, annesi, İbrahim'i emzirmeye gelir. Ardından da çocuğu mağaradan dışarı çıkarıp, bırakır. Çocuk İbrahim başını kaldırıp da gökteki yıldızları görünce, önce şaşırır. Bunların yaratıcısının kim olduğunu düşünürken büyük ve parlak bir yıldız görür ve "İşte, Rabbim budur." der. Yıldız dolanıp batınca, "Ben batan şeyleri sevmem.." diye düşünürken bu kez Ay doğar. İbrahim onun ışığını daha çok bulunca, "Rabbim bu olsa gerek.." diye düşünür. Az sonra ay batınca, "Bu da değilmiş.." der. Sabah olup Güneş doğunca da "Bu onlardan büyük ve daha bol ışıklı; olsa olsa Tanrı budur.." kanısına varır. Güneşin batması üzerine de "Bunlardan hiçbirisi Tanrı olamaz, benim Tanrım bunlar değildir; Tanrı odur ki, tüm bunları yaratmıştır." sonucuna varır. Ve, annesine kendisini mağaradan çıkarmasını söyler, annesi de onu alıp eve getirir.

Kur'ân-ı Kerim, olayı şöyle haber verir: "Gece bastırınca bir yıldız görmüştü. 'İşte, bu imiş Rabbim' dedi. Yıldız batıverince, 'Batanları sevmem.' dedi. Ay'ı doğarken görünce, 'Bu imiş Rabbim..' dedi. Batınca, 'Rabbim beni doğruya eriştirmeseydi, ant olsun ki, sapıklardan olurdum..' dedi. Güneşi doğarken görünce, 'İşte bu imiş benim Rabbim, bu daha büyük' dedi. Batınca, 'Ey milletim, doğrusu ben ortak koştuklarınızdan uzağım' dedi. 'Doğrusu ben, yüzümü o gökleri ve yeri yaratmış olan Allah'a yönelttim; ben ortak koşanlardan değilim.' Milleti onunla tartışmaya girişti... (6/En'am: 76-80)"

Bunlardan önceki ayetlerde İbrahim aleyhisselamın babası Azer'le "putlara tapma" konusunda yaptığı tartışmanın yer alması (6/En'am: 78), Güneşin tanrı olmadığını belirttikten sonra açıkça "ey milletim" diye seslenmesi (6/En'am: 78) ve hele de bu sözleri üzerine milletinin kendisiyle tartışmaya girişmesi (6/En'am: 80), apaçık bir biçimde, olayın hiç de bir mağaradan çıkış sırasında ve mağara önünde yalnız başınayken gerçekleşmiş olduğunu göstermiyor. Tam tersine, belki de büyük kalabalıklarla ve çok uzun süren bir tartışma, hatta tartışmalar dizisi sürdürülmektedir, burada. Açıkça...

İbrahim aleyhisselama "Büluğundan önce rüştünün verilmiş bulunduğu" yolundaki haber (21/Enbiya: 51), bize, Peygamberler Atası'nın böyle bir "arayış" içine girmekten müstağni olduğunu kesinlikle kanıtlar. Ya, hiçbir peygamberin yaşamının hiç bir döneminde "Tevhit" çerçevesinin dışında bir an bile bulunmamış, kalmamış olduğu gerçeği...

Bu durumda, artık, "arayış" gibi "kuşku kokulu" bir tutum söz konusu olur mu?

Kaldı ki, onun "muvahhit" olduğuna, hiçbir zaman ortak koşanlardan olmadığına ilişkin, bir de, açık ve kesin "haber"e sahip bulunmaktayız (16/Nahl: 120).

IV. Tapınaktaki İbrahim

İbrahim aleyhisselamı soktuğu "mağara"dan çıkarma sırasında O'na "Allah"ı aratan ve böylece alıntıladığımız ayetlere bir "açıklama" getirme görevini başarıyla yürüten "rivayet", "put kırma" olaylarını haber veren ayetleri açıklamak için de bir yol bulmuş olmak adına, bu kez onu "eğitim" için "en büyük tapınak"ta kalmak zorunda bırakır. İbrahim aleyhisselam bu yolla oraya girecektir ki, bir yolunu bulup putları kırsın. Yoksa durup dururken elini kolunu sallayarak içeri girip de putları kırması nasıl açıklanır. Hatta bunun için, İbrahim aleyhisselamın çevredekileri görüp de aklını başına toplaması için, babası, Nemrut'a, ricada bulunur. Nemrut onayladıktan sonradır ki İbrahim aleyhisselam tapınağa girer, orada olanları izler, "bayram" gününü bekler.

"Hastalık" gerekçesiyle bayrama gitmeyip tapınağa döner ve putları kırar.

Bir de Kur'ân-ı Kerim'e bakıyoruz ve görüyoruz ki, meğerse, İbrahim aleyhisselam ilkin puta tapıcılarla tartışmakta, ardından onların tanrılarına bir oyun oynayacağını belirtmekte, sonra da -onların çekip gitmeleri üzerine- tapınağa girip, putları kırmaktadır.(21/Enbiya: 52-58, 37/Saffat: 83-96).

Büluğundan önce rüştü verilmiş olan bir Peygamber'in "eğitim görsün de, tanrılara nasıl davranılacağını öğrensin"

gerekçesiyle tapınağa bağımlı kılınması ve hep "muvahhit" olan İbrahim aleyhisselamın buna katlanması "rivayeti" içinde, olsa olsa, hiç kimsenin bulunmadığı bir zamanı kollamak adına "bayram" gününün beklenmiş olması tutarlı görünebilir. Ki, o gün de, yine, bir tartışma vardır ve bu tartışma sırasında, yalnız kalabilmek için, İbrahim aleyhisselam "hasta" olduğunu bildirmektedir (37/Saffat: 88). Bu sözleriyle diğerlerini yanından uzaklaştırıp, ardından, put kırımına girişmektedir (37/Saffat: 90-93). Yani, herkesin bayram hazırlığı ve telaşı içinde bulunduğu sırada bile, işte, -bırakınız tanrıları benimsemek için eğitimi bir yana- tartışmalarını sürdürmektedir. İşte gerçeklerle "rivayet" arasındaki fark...

V. Birkaç Nokta Daha

İbrahim aleyhisselamın kendisi için "gül bahçesi" haline getirilen ateşten çıkmasından sonra göç ettiğini biliyoruz. Gerçekleşen büyük mucizeye karşın, ne Nemrut ne de başta Azer olmak üzere Nemrut'un çevresi iman etmiştir. Bu yüzden de, göç olgusu ortaya çıkmıştır. Ama rivayetlere bakılırsa, değinmiştik, Nemrut'un kızı iman ettikten başka, Nemrut'un kendisi de "İbrahim'in Tanrısı"nı onaylar ve hatta binlerce kurban kestirir. Ne var ki, Nemrut'un bu tutumuna karşın kurbanları kabul olunmaz ve o da utancı dolayısıyla öç alma peşine düşer. Burada, bir bakıma, "imana gelme" isteğinin belirtilmesine karşılık bu isteğin geri çevrilmesi vardır.

Daha ilginci, bu istek geri çevrildikten nice sonra Nemrut'a gökyüzüne karşı seferler düzenlettiren "rivayetler", bu seferlerin ardından, bu kez de, ona "melek" elçiler gönderttirir ve bu yolla "tevbe"ye çağrı yapılır. Kurbanlar sunarak gelmek isteyen Nemrut'un geri çevrilmesinin ardından, "gelsin için" elçiler salınan, "melekler" kanalıyla "gel" haberleri gönderilen bir Nemrut... Peygamberle "savaştığı" için kurbanları kabul edilmeyen Nemrut, gökyüzüne seferler düzenledikten sonra, sanki, "makbul adam" haline gelmekte ve "melekler"in elçiliğiyle "çağrı"lar almaktadır. Buna karşın hâlâ yeni ordular toplamaktadır, üstelik...

Nemrut'un gökyüzüne karşı düzenlediği "sefer", apaçık bir "efsane" olduğundan üzerinde hiç durmayacağız. Ancak, bu sefer dönüşünde karşılaştığı harabelere değineceğiz. Biliyorsunuz bu "yıkıntı" olayı, İbrahim aleyhisselamdan söz eden iki ayetin arasında bulunan bir ayette anlatılır. Ama İbrahim aleyhisselam veya Nemrut'la ilişkisi olmayan bir olaydır. Genelde "Üzeyir Peygamber"le ilgili olarak anılır (2/Bakara: 259). Ama ayetin aralarında yer aldığı diğer iki ayet İbrahim aleyhisselamdan söz ettiği için, yıkıntıya da bir gerekçe arayan "rivayet" olayı Nemrut'un gökyüzüne karşı düzenlediği seferin bir "karşılığı" olarak sunuverir. Yine rivayetlerde Nemrut'a ilişkin olarak anlatılan "kule", gerçekte Firavun'un eylemlerinden biridir (28/Kasas: 38, 40/Mümin: 36,37).

VI. Hammurabi mi?

Nemrutun kişiliği üzerinde araştırmalar yapan kimi tarihçiler, Nemrut'un gerçekte Babil hükümdarı Hammurabi olduğu görüşünü öne sürmüşlerdir.

İsrailoğulları'nın Mısır'dan milattan önce 1350'li yıllarda çıktıklarına (ki, 1200'lerde çıktıklarını öne sürenler de vardır) ilişkin bilgiyi doğru sayar ve Mısır'da 430 yıl kaldıklarını bildiren yaygın söylentiyi temel alırsak, Mısır'a geliş tarihi olarak yaklaşık milattan önce 1780 yılını buluruz. Bu, İbrahim aleyhisselamın torunu ve torununun oğlu zamanında olan bir olaydır. Buna bakarak İbrahim aleyhisselamın yaşadığı dönemi yaklaşık bir biçimde belirleyebiliriz. Bu belirlememiz, İbrahim aleyhisselam aleyhisselamın Milattan Önce 2000 yılında doğmuş bulunduğu "rivayet"ine tam oturmayabilir. Çünkü arada 220 yıl vardır. Mısır'dan çıkışı 1200 olarak alırsak, bu 220 daha da artar, 370 yıl olur. Torunların Mısır'a girişi, buna göre, 1630 yıllarına denk düşmektedir.

Hammurabi'nin ise, milattan önce 1792 ila 1686 yılları arasında yaşadığı belirtilmektedir. Ölüm tarihi olan 1686, İsrailoğulları'nın Mısır'a gidiş yılına, bu durumlara göre, 94 yıl veya 56 yıl uzak bulunmaktadır. İlk duruma göre, İsrailoğulları Mısır'a Hammurabi 12 yaşındayken gitmiş olmaktadır. Bu durumda Hammurabi'nin Nemrut olması mümkün değildir. Çünkü henüz İbrahim aleyhisselam ile uğraşma yaşına bile gelmemiştir. İkinci durumu göz önüne alacak olursak, İbrahim aleyhisselamın torunları Hammurabi'nin ölümünden 56 yıl sonra Mısır'a göç etmiş olmaktadır. Daha tutarlı gibi görünen bu "rivayet" ise, İbrahim aleyhisselamın doğum yılına ilişkin milattan önce 2000 yılı rivayetiyle pek bağdaşmamaktadır. Zaman aralığı çok uzundur. Üstelik, her iki rakam da, Musa aleyhisselamın milattan 1700 yıl önce yaşamış bulunduğu "rivayet"lerine de denk düşmüyor. Hatta, bu son duruma göre Hammurabi, Musa aleyhisselamın çağdaşı olmaktadır.

Bir başka nokta ise, "Hammurabi" kanunları olarak bilinen "yazıt"ların bu hükümdarı Nemrut'la özdeşleştirmeye elvermeyişidir. Yazıt'larda önemli olaylar anıldığı halde, bizim olayımıza ilişkin bir bilgi yoktur. Kaldı ki, -çok tanrıcılık yine sürmekle birlikte- "Marduk" adlı bir "baş tanrı" söz konusudur. Bu yazıtlara bakıldığında "Hammurabi"nin kendi tanrılığını öne süren bir kimse olmaktan çok uzak bulunduğu sonucuna varılabilir.

Öte yandan, Nemrut'a ilişkin "doğum" olayı, "ırmağa bırakılma" olayı ile ilgili "rivayet"in bir benzeri, Akad Devleti'nin kurucusu "Sargon" için anlatılır. Sargon, M.Ö. 2350'lerde yaşamıştır. Musa ile arasında 650 yıl vardır. Bunun 430 yılı Mısır'da geçtiğine göre, 220 yıllık bir süre İbrahim aleyhisselam, oğlu, torunu ve torununun oğlu (İshak, Yakup, Yusuf) için daha uygun görünmektedir. İbrahim aleyhisselamın M.Ö. 2000 yılında doğmuş olduğu rivayetiyle bağdaşmasa da, Musa aleyhisselamın yaşadığı yılları temel aldığımızda "bu durum" hayli elverişli olmaktadır...

Sonra, Sargon'un durumu, "rivayet"te geçen "savaşarak devleti ele geçirme" söylemine de uyar. Çünkü Sümer Devleti'ni yıkmış, yerine Akad Devleti'ni kurmuştur. Üstelik Sargon için "yığınların ve dünyanın dört bölgesinin ilk kralı" denilir ki, bu durum da, Nemrut'un yeryüzünde ilk kent kuran ve ilk taç giyen hükümdar olduğu yolundaki söylentilere uygun düşer. Kesin bir şey söylenememekle birlikte, Sargon'un Nemrut olma olasılığı, Hammurabi'den daha ağırlıklıdır.

Şu var ki, birinin " efsane"lerde, diğerinin de "tarih"te fazlaca ad yapmış olmaları ve her ikisinin de aynı bölgede yaşamış bulunması, olabilir ki, Hammurabi'nin Nemrut sayılmasına yol açmıştır. Kimi yeni tarihsel çalışmalar, belki de, bu ikisinin de dışında bir başkasını, bir gün, Nemrut olarak belirleyebilecektir. Ama şu andaki durum, "Hammurabi'dir" diyenler karşısında "Sargon'dur" demeyi daha tutarlı gösterici bir görünüm sergiliyor.

Bölüm 2
KUR'ÂN-I KERİM'İN "OLAY"A İLİŞKİN HABERLERİ

Kur'ân-ı Kerim'in "Olay"a İlişkin Haberleri

I. Ayetleri İzleyelim

Kur'ân-ı Kerim'de Nemrut adı geçmez. "Yüce Allah'ın kendisine mülk vermiş bulunduğu" birisinin İbrahim aleyhisselamla tartışmaya giriştiği bildirilir. O da, bir tek ayette. "Rivayet"ler doğrultusunda bizim de Nemrut olarak adlandıracağımız bu "birisi"nin bir tek ayette anılmasına karşılık, İbrahim aleyhisselama ilişkin kıssalarda onun yaşadığı toplumdan çizgiler yakalamak mümkündür. Bu çizgiler, toplumuyla birlikte Nemrut'un da tanınmasını sağlayıcı bir açılım verir bize.

Bu bakımdan, Nemrut'u, işte, bu çizgilerden yararlanarak tanımak imkânını bulabileceğimiz için, buraya, İbrahim aleyhisselamın özellikle öz yurdunda, göç etmeden önceki zamanda yaşamış bulunduğu olaylardan söz eden ayetlerin anlamlarını alacağız. Bunu yaparken de, yine Kur'ân-ı Kerim'in her tartışma öncesinde vurgulamış olduğu bir noktayı göz önünde tutup, ayetleri, İbrahim aleyhisselamın Nemrut'la, kendi babasıyla ve kavmiyle yapmış bulunduğu tartışmalar olarak ayrı bölümler içinde vereceğiz.

a. İbrahim Aleyhisselamın Nemrut'la Tartışması:

Bu, bir tek ayettir. Bakara suresinin 258'inci Ayeti.

Anlamı şöyle:

"Allah kendisine mülk verdi diye (şımararak) İbrahim aleyhisselam ile Rabbi üzerine tartışanı görmedin mi? İbrahim aleyhisselam, 'Rabbim, öldüren ve diriltendir' demişti de, o, 'ben de diriltir ve öldürürüm' demişti. İbrahim aleyhisselam, 'Allah, güneşi doğudan getirir; haydi sen de batıdan getirsene' deyince, o inkârcı donakaldı. Allah, zulmeden kimseleri doğru yola eriştirmez."

b. İbrahim Aleyhisselamın Babası ile Tartışması:

Tartışma, Meryem Suresi'nin 41'inci ayeti ile 49'uncu ayeti arasındaki ayetlerde anlatılır. Son iki ayette tartışma, "baba"nın çerçevesini aşıp da, "kavm"i kapsayıcı bir genişlik gösterir.

Anlamları olduğu gibi alıyoruz:

41. Kitap'ta İbrahim'le ilgili olarak anlattıklarımızı da an. O, kuşkusuz, dosdoğru bir peygamberdi.

42. Babasına şöyle demişti: "Babacığım; işitmeyen, görmeyen ve sana bir yararı olmayan şeylere niçin tapıyorsun?

43. "Babacığım; doğrusu bana, sana gelmemiş olan bir bilgi gelmiştir. Bana uy, seni doğru yola eriştireyim.

44. "Babacığım; şeytana tapma, çünkü o şeytan Rahman'a başkaldırmıştır.

45. "Babacığım; doğrusu sana Rahman katından bir azab gelmesinden korkuyorum. Ki, böylece, şeytanın dostu olarak kalırsın..."

46. Babası dedi ki: "Sen benim tanrılarımı beğenmiyor musun, ey İbrahim? Andolsun ki, bundan vazgeçmezsen, seni taşlarım. Uzun bir süre benden uzaklaş, git."

47. İbrahim şöyle karşılık verdi:
"Selam olsun sana. Senin için Rabbimden mağfiret dileyeceğim. Çünkü, O, bana karşı çok lütufkârdır.

48. "Sizi ve Allah'tan başka taptıklarınızı bırakıp çekilir, Rabbime yalvarırım. Rabbime yalvarışımda yoksun kalmayacağımı umarım."

49. Onları Allah'tan başka taptıklarıyla baş başa bırakıp, çekilince, O'na İshak'ı ve Yakup'u bağışladık. Ve her birini peygamberler yaptık.

c. İbrahim Aleyhisselamın Kavmi ile Tartışması:

Bu tartışmalar Kur'ân-ı Kerim'de birçok surede dile getirilir. Putların kırılması, ateşe atılma ve oradan kurtarılma olayları da bu ayetlerde haber verilir. Anlamlarını alıyoruz:

En'am Suresinden:

74. İbrahim, babası Azer'e, "Putları tanrı olarak mı benimsiyorsun? Doğrusu, ben seni ve kavmini açık bir sapıklık içinde görüyorum." demişti.

75. Yakinen bilenlerden olması için, biz, İbrahim'e göklerin ve yerin hükümranlığını gösteriyorduk.

76. Gece basınca bir yıldız görmüştü. "İşte, bu imiş benim Rabbim" dedi. Yıldız batıverince, "batanları sevmem" dedi.

77. Ay'ı doğarken görünce, "Bu imiş Rabbim" dedi. Batınca, "Rabbim beni doğruya eriştirmeseydi, and olsun ki, sapıklardan olurdum." dedi.

78. Güneşi doğarken görünce, "İşte bu imiş benim Rabbim; bu daha büyük.." dedi. Batınca, "Ey kavmim, doğrusu ben ortak koştuklarınızdan uzağım!" dedi.

79. "Doğrusu ben, yüzümü o gökleri ve yeri yaratmış olan Allah'a yönelttim; ben ortak koşanlardan değilim."

80. Kavmi onunla tartışmaya girişti. "Beni doğru yola eriştirmişken, Allah hakkında benimle mi tartışıyorsunuz? O'na ortak koştuklarınızdan korkmuyorum. Meğer ki, Rabbim bir şeyi dilemiş ola. Rabbimin bilgisi her şeyi kuşatmıştır. Hâlâ öğüt kabul etmez misiniz?" dedi.

81. "Allah'a ortak koştuklarınızdan nasıl korkarım? Oysa, siz, hakkında Allah'ın bir delil indirmediği bir şeyi O'na ortak koşmaktan korkmuyorsunuz. İki taraftan hangisine güvenmek daha gereklidir, bir bilseniz."

82. İşte güven, onlara, inanıp da imanlarına haksızlık karıştırmayanlaradır. Onlar doğru yoldadır.

83. Bu; kavmine karşı İbrahim'e verdiğimiz hüccetimizdir. Dilediğimizi derecelerle yükseltiriz. Doğrusu Rabbin Hakim'dir, Alim'dir.

Enbiya Suresinden:
51. And olsun ki, daha önce İbrahim'e de akla uygun olanı göstermiştik. Ve, biz O'nu biliyorduk.

52. Hani, babasına ve kavmine demişti ki; "Bu tapınıp durduğunuz heykeller de nedir?"

53. Onlar da "Babalarımızı bunlara tapar bulduk.." demişlerdi.

54. O, "and olsun ki, sizler de, babalarınız da apaçık bir sapıklık içindesiniz" deyince,

55. Onlar, "Sen bize gerçeği mi getirdin, yoksa şaka mı ediyorsun?" dediler.

56. O şöyle dedi: "Hayır; Rabbiniz, göklerin ve yerin Rabbi'dir. Ki, onları O yaratmıştır. Ben buna şahitlik edenlerdenim.

57. "Allah'a and olsun ki, siz ayrıldıktan sonra, putlarınıza bir tuzak kuracağım."

58. Derken, hepsini paramparça edip, ona başvursunlar diye içlerinden büyüğünü sağlam bıraktı.

59. Kavmi, "Bunu tanrılarımıza kim yaptı? Doğrusu, o, zalimlerden biridir." dediler.

60. Kimileri; "İbrahim denilen bir gencin onları diline doladığını duymuştuk.." deyince,

61. "O halde, bunların şahitlik edebilmeleri için onu halkın gözü önüne getirin!" dediler.

62. "Ey İbrahim" dediler, "Bu işi tanrılarımıza sen mi yaptın?"

63. İbrahim; "Belki onu şu büyükleri yapmıştır. Konuşabiliyorsa onlara sorun!" dedi.

64. Bunun üzerine kendi kendilerine, "Doğrusu siz haksızsınız." dediler.

65. Sonra eski kafalarına döndürülerek, "Andolsun ki, bunların konuşamayacağını sen de bilirsin." dediler.

66. İbrahim şöyle dedi: "O halde Allah'ı bırakıp da size hiçbir yarar ve zarar veremeyecek olan şeylere niye taparsınız?

67. "Yazıklar olsun size ve Allah'ı bırakıp da taptıklarınıza. Akıllanmayacak mısınız?"

68. Onlar, "Bir şey yapacaksanız, şunu yakın da, tanrılarınıza yardım edin!" dediler.

69. Biz de, "Ey ateş, İbrahim'e karşı serin ve selamet ol!" dedik.

70. Ona düzen kurmak istediler. Ama, biz onları hüsrana uğrattık.

Şuara Suresinden:

69. Onlara İbrahim'in kıssasını anlat.
70. İbrahim, babasına ve kavmine, "Nelere tapıyorsunuz?" demişti.
71. "Putlara tapıyoruz, onlara bağlanıp duruyoruz.." demişlerdi.
72. İbrahim, "Çağırdığınızda sizi duyarlar mı?"
73. " Veya size bir yarar ve zarar eriştirirler mi?" demişti.
74. "Hayır ama babalarımızı bu şekilde ibadet ederken bulduk." demişlerdi.
75. İbrahim dedi ki: "Nelere taptıklarınızı görüyor musunuz?
76. "Sizin ve geçmişteki atalarınızın...
77. "Doğrusu onlar benim düşmanımdır. Ancak, Âlemlerin Rabbi dostumdur.
78. "Beni yaratan da, doğru yola eriştiren de O'dur...
79. "O'dur beni yediren ve içiren...
80. "Hastalandığımda bana şifa veren de O..
81. "O'dur beni öldürecek ve sonra diriltecek olan da...
82. "Yanılmalarımı Ahiret Günü'nde bana bağışlamasını umduğum da O'dur ..
83. "Rabbim, bana hikmet ver ve beni iyiler arasına kat,
84. "Sonrakilerin beni güzel bir biçimde anmalarını sağla.
85. "Beni nimet cennetine varis olanlardan kıl.
86. "Babamı da bağışla. O, kuşkusuz sapıklardandır...
87. "İnsanların diriltileceği gün beni rezil etme!..
88. "Malın ve evladın yarar sağlamayacağı 'o gün'de..."

Ankebut Suresinden:

16. İbrahim'i de (gönderdik). Hani, kavmine demişti ki,

"Allah'a ibadet edin, O'ndan sakının. Bilirseniz, bu sizin için daha iyidir.

17. "Siz Allah'ı bırakıp yalnızca bir takım putlara tapıyor ve aslı astarı olmayan sözler uyduruyorsunuz. Doğrusu, Allah'tan başka taptıklarınızın size rızık vermeye güçleri yetmez. Öyle ise rızkı Allah katında arayın. O'na kulluk edin, O'na şükredin. O'na döndürüleceksiniz.

18. "Eğer, siz yalanlıyorsanız, bilin ki sizden önceki ümmetler de yalanlamışlardı. Peygamber'e düşen, yalnızca, apaçık tebliğdir.

19. "Allah'ın yaratmaya nasıl başlayıp, sonra onu nasıl tekrar edeceğini anlamazlar mı? Kuşkusuz, bu, Allah'a kolaydır.

20. De ki: "Yeryüzünde gezip dolaşın da, Allah'ın yaratmaya nasıl başladığını bir görün. İşte, Allah, aynı şekilde Ahiret hayatını da tekrar yaratacaktır. Muhakkak ki, Allah, her şeye kadirdir.

21. "Dilediğine azap eder, dilediğini esirger. Ve, O'na çevrileceksiniz.

22. "Siz, ne yerde, ne de gökte O'nu aciz bırakabilirsiniz. Allah'tan başka sizin hiçbir dostunuz ve yardımcınız yoktur."

23. Allah'ın ayetlerini ve O'na kavuşulmayı inkâr edenler, işte onlar, Benim rahmetimden ümitlerini kesmiş olanlardır. Ve, işte can yakıcı azab onlaradır.

24. Bunun üzerine kavminin O'na cevabı yalnızca, "O'nu öldürün veya yakın!" demek oldu. Ama, Allah, O'nu ateşten kurtardı. Doğrusu bunda inananlar için ibretler vardır.

25. Ve dedi ki: "Dünya hayatında Allah'ı bırakıp, aranızda putları dostluk vesilesi kıldınız. Sonra da kıyamet gününde birbirinize küfreder ve karşılıklı lanet okursunuz. Varacağınız yer ateştir, yardımcılarınız da yoktur."

26. Bunun üzerine Lut O'na inandı ve dedi ki: "Doğrusu ben Rabbimin dilediği yere hicret ediyorum. Muhakkak ki, O, Aziz'dir, Hakim'dir."

Saffat Suresinden:

83. İbrahim de, kuşkusuz, O'nun yolunda olanlardandı.
84. Çünkü, O, Rabbine tertemiz bir kalple gelmişti.
85. O zaman babasına ve kavmine demişti ki: "Siz nelere tapıyorsunuz?
86. "Allah'ı bırakıp, uydurma tanrılar mı istiyorsunuz?
87. "Âlemlerin Rabbi hakkında sanınız nedir?"
88. Yıldızlara bir göz attı.
89. Ve, "Ben rahatsızım.." dedi.
90. O zaman arkalarını dönüp gittiler.
91. O da, onların tanrılarına, gidip "Hani yemek yemiyorsunuz?" dedi...
92. "Size ne oluyor da, konuşmuyorsunuz?.."
93. Sonunda üzerlerine yürüyüp, kuvvetle vurdu.
94. Bunun üzerine puta tapıcılar koşarak O'na geldiler.
95. İbrahim, "Yonttuğunuz şeylere mi tapıyorsunuz?
96. Halbuki, sizi de yonttuklarınızı da Allah yaratmıştır" dedi.
97. Puta tapıcılar, "Onun için bir bina yapın da, onu oradan ateşin içine atın." dediler.
98. Bunun üzerine ona bir tuzak kurmak istediler. Biz de tuttuk kendilerini alt ettik.
99. İbrahim : "Ben" dedi, "Doğrusu, Rabbime gideceğim. O, bana yol gösterir."

Mümtehine Suresinden:

4. İbrahim'de ve onunla birlikte olanlarda sizin için gerçekten güzel bir örnek vardır. Hani onlar kavimlerine demişlerdi ki, "Biz, sizden ve Allah'ı bırakıp da taptıklarınızdan uzağız. Sizi inkâr ediyoruz. Yalnız Allah'a inanıncaya dek bizimle sizin aranızda ebedi düşmanlık ve öfke baş göstermiştir". Yalnızca İbrahim'in babasına, "And olsun ki, senin için mağfiret dileyeceğim.." demesi müstesna. "Ey Rabbimiz sana güvendik, sana dayandık, sana yöneldik ve dönüş sanadır."

5. "Ey Rabbimiz, bizi küfredenler için bir fitne kılma. Bağışla bizi. Ey Rabbimiz, doğrusu sensin Aziz ve Hakim olan, sen..."

Bölüm 3
"NEMRUT TOPLUMU"NUN YAŞANTISI

"Nemrut Toplumu"nun Yaşantısı

I. Kısa Bir Açıklama

Nemrutun Hammurabi olduğunu öne süren savlara dayanılarak, Babil... Ya da Nemrut'un Sargon olduğu noktasından çıkılarak, Akad devletlerinin ve bu devletler gölgesinde oluşmuş olan uygarlıkların, burada, Nemrut'un yaşadığı ve egemen olduğu toplumun yaşantısı diye verilmesi, elbette, mümkündü. Üstelik bu alanda çokça şey söylemeye elverişli epey bir "bilgi" birikiminin bulunuyor olması, işleri de kolaylaştıracaktı.

Dahası: Hammurabi veya Sargon ve buna bağlı olarak da Babilliler veya Akadlar ayırımı yapılmaksızın da, İbrahim aleyhisselamın ve dolayısıyla Nemrut'un yaşamış bulunduğu Ön Asya'nın belli bir dönemini, yaşam ve uygarlık düzleminde gündeme getirmek yoluna da gidilebilirdi.

Böyle bir yol izlemek, bize, tapınılan tanrılar, oluşturulan efsaneler, yapılan savaşlar gibi "elle tutulur" türden veriler bir yana, o günlerin kentlerinin çizgi çizgi gözler önüne serilmesi imkânını bile verebilir; böylece, kolay ve zevkle okunur akıcı bir "hikâye" oluşturulabilirdi.

Ama böyle bir yaklaşım, ancak, Babillileri veya Akadları veya bütünüyle Ön Asya'nın milat öncesi uygarlık ve devletlerini bir kez daha söze getirmiş olmaktan öte bir anlam taşımazdı. Anlatılan veya sözü edilen Nemrut değil de, işte, bunlar olurdu.

Çünkü Nemrut'a ilişkin "tarihsel" bilgi de, gerçek anlamıyla yoktur. Bu durumda da, "rivayet"leri birer veri gibi kullanarak Nemrut'u anlatmaya kalkışmak ne ölçüde sağlıksız olursa, derlenen belgeleri yalnızca belli doğrultularda yorumlayarak zaman zincirinin halkalarını birbirine iliştirmeye çabalayan bugünkü tarih bilimi de, yine o ölçüde, sağlıklı olmayan bir tanıtmaya yol açmış olacaktı.

İşte, bundan kaçınmak adına, böyle bir yanılgıya düşmemek için, yöntem olarak, yalnızca, Kur'ân-ı Kerim'in haberlerine dayanmayı uygun bulduk, bu açılımda. Çünkü tek gerçek ve değişmez bilgiler ve belgeler ancak onda/ondan olanlardır. Nemrut ile ilgili Peygamber Haberinin, Hadis-i Şeriflerin bulunmayışı da, bizim için, biricik kaynak olarak Kur'ân-ı Kerim'i bırakmaktadır.

II. Putlara Tapınma

Nemrutun yaşadığı ve yönettiği toplumun göze ilk çarpan yanı, puta tapıcı bir topluluk olmasıdır. Bu durum, Kur'ân-ı Kerim'de birçok yerde vurgulanır:

"Babasına, 'Babacığım; işitmeyen, görmeyen ve sana bir yararı olmayan şeylere niçin tapıyorsun?' demişti." (19/Meryem: 42)

"Sizi ve Allah'tan başka taptıklarınızı bırakıp çekilir, Rabbime yalvarırım. Rabbime yalvarışlarımda yoksun kalmayacağımı umarım." (19/Meryem: 48)

"İbrahim, babası Azer"e, 'Putları tanrı olarak mı benimsiyorsun; doğrusu ben seni ve kavmini açık bir sapıklık içinde görüyorum.' demişti." (6/En'am: 74)

"Hani, babasına ve kavmine, 'Bu tapınıp durduğunuz heykeller de nedir?'' demişti." (21/Enbiya: 52)

"Allah'a and olsun ki, siz ayrıldıktan sonra, putlarınıza bir tuzak kuracağım." (21/Enbiya: 57)

"İbrahim, "O halde, Allah'ı bırakıp da size hiçbir yarar ve zarar veremeyecek olan şeylere niye taparsınız?' dedi." (21/Enbiya: 66)

"İbrahim, babasına ve kavmine 'Nelere tapıyorsunuz?' demişti. Onlar da, 'Putlara tapıyoruz, onlara bağlanıp duruyoruz.' demişlerdi." (26/Şuara: 70-71)

"Siz Allah'ı bırakıp, yalnızca birtakım putlara tapıyorsunuz..." (29/Ankebut: 17)

"Ve, 'Dünya hayatında Allah'ı bırakıp; aranızda putları dostluk vesilesi kıldınız...' dedi." (29/Ankebut: 25)

"O zaman, babasına ve kavmine, 'Siz nelere tapıyorsunuz; Allah'ı bırakıp, uydurma tanrılar mı istiyorsunuz?' demişti." (37/Saffat: 85-86)

"İbrahim, 'Yonttuğunuz şeylere mi tapıyorsunuz?' dedi." (37/Saffat: 95)

Bu ayetler putlara tapınılmakta olduğunu açık bir biçimde haber verdiği gibi, aynı kıssa çerçevesi içindeki diğer ayetlere bakarak Nemrut'un toplumunun putlara yönelik tutumunu da anlayabiliriz.

Nitekim, İbrahim aleyhisselam putları kırmak üzere tapınağa girdiğinde, onlara "Hani yemek yemiyorsunuz?" (37/Saffat: 91) demektedir.

Anlaşılıyor ki, "yesinler" diye putların önüne yiyecek şeyler bırakılmakta, adamalar "yemek"le ilişkili olmaktadır. İbrahim aleyhisselamın "Size ne oluyor da konuşmuyorsunuz?" (37/Saffat: 92) sözleri ise, tapınma sırasında putlarla konuşulduğunu, konuşuluyor gibi yapılmakta olduğunu, konuşuluyormuşçasına iletişim kurma yoluna gidildiğini ve sanki onlardan cevap aldıklarını varsaydıklarını gösterir. Cisimleriyle insana benzetilen putların konuşamıyor olmaları da İbrahim âleyhiselam için alay konusu olmuştur.

Putlardan "rızık" beklendiğini (29/Ankebut: 11, 26/Şuara: 79), hastalık durumlarında şifa umulduğunu (26/Şuara: 80), hatta ölümün de putlardan bilindiğini (26/Şuara: 81) yine ayetlerden öğrenebilmekteyiz. Yaratıcılık ve doğru yola ileticilik bile putlara özgü görülüyor veya "Yaratıcı" da putlarla temsil ediliyor olacak ki, İbrahim aleyhisselam, Yüce Allah'tan söz ederken "Beni yaratan da, doğru yola eriştiren de O'dur" der, kavmiyle tartıştığı sırada (26/Şuara: 78).

Birçok putun, kendi aralarında, bir sıralama içinde bulunduklarını; kimilerinin "küçük", kimilerinin "büyük" ve hatta birinin "daha da büyük" olduğunu; bir "Tanrılar Hiyerarşisi"nin bu toplumda da sürüp gittiğini, görmekteyiz (21/Enbiya: 58).

Anlaşılıyor ki, bu toplum, putlara tapıyor olmasına karşın, "Yaratmak" söz konusu edildiğinde "Allah" yanıtını veren Cahiliye Araplarından daha koyu ve daha karanlık bir puta tapıcılık içinde bulunmaktadır. Çünkü, İbrahim aleyhisselamın

"Beni yaratan da, doğru yola eriştiren de O'dur" sözleri, toplumunun "yaratma" konusunda da putları veya onlardan birini yetkin görmekte olduğunu ortaya koymaktadır. En azından "Yaratıcı"nın da bir "put"la temsil edilmek istendiğini, edildiğini görebiliyoruz.

Yine İbrahim aleyhisselamın "Yanılmalarımı Ahiret Gününde bana bağışlamasını umduğum da O'dur.." sözleri (26/Şuara: 82), bize, putlardan rızık, şifa ve benzeri şeyler gibi "bağışlama"nın da umulmakta olduğunu anlatır.

Ancak, burada, İbrahim aleyhisselamın "Ahiret Gününde" deyişine bakarak, toplumun bir "Ahiret İnancı"na sahip bulunduğunu söyleyebilecek durumda değiliz. Çünkü, İbrahim aleyhisselama ait kıssalardan birinde ve onun kavmine söyledikleri arasında geçen "Allah'ın yaratmaya nasıl başlayıp, sonra onu nasıl tekrar edeceğini anlamazlar mı?.. (29/Ankebut: 19)" sorusu olsun, "Yeryüzünde gezip dolaşın da, Allah'ın yaratmaya nasıl başladığını bir görün... İşte, Allah, aynı şekilde Ahiret hayatını da tekrar yaratacaktır... (29/Ankebut: 20)" haberi olsun, toplumun "Ahiret İnancı"na sahip bulunmadığı veya Ahiret kavramı varsa bile buna inancın temelsiz ve kurmaca olduğu izlenimini vermektedir.

III. Gökcisimlerine Tapınma

Nemrut'un yaşadığı ve yönettiği toplumun putlarla birlikte ve putların dışında ayrıca mı; yoksa, putları onların birer simgesi veya aracısı sayarak mı olduğunu bilmiyor olmamıza karşın, "Gökcisimleri"ne de tapınmakta olduğunu belirtebiliriz. Üstelik, bunların yıldızlar, ay ve güneş olduğunu; Gökcisimlerinden belirlenmiş birine değil de, hemen tümüne tapmakta olduklarını görmekteyiz. Güneş ve aya tapındıkları kesindir. Yıldızların ise, hiç değilse, göze çarpıcı olan belli başlıları bu alan içindedir.

Ayetleri daha iyi anlamak bağlamında Gökcisimlerine tapanları ve bunların inançlarını çok ayrıntılı olarak aktaran kaynaklardan çıkarımda bulunarak çok yaygın bir alanı ve günümüz de dâhil geniş bir zaman yelpazesini kapsayan bu inançlara çok kısaca değinmeden geçemeyeceğiz.

Mesela köklerinin Babil'e dayandığı konusunda neredeyse görüş birliği bulunan Sabiîler'de, Gökcisimlerinin canlı varlıklar olduğu, tıpkı insanlar gibi akıl ve nefisleri bulunduğu inancı hakimdi. Tanrının yeryüzü üzerindeki hakimiyetini bu Gökcisimleri (felekler) aracılığı ile yürüttüğüne ve yörüngede onlara çeşitli hareketler vermek suretiyle insanlara mesajlar ilettiğine inanılıyordu.

Bugün de çok yaygın olarak inanılan yıldız falının (burçların insana ve yaşama etkisini kabullenmenin) eski bir Mezopotamya kavmi olan Keldaniler'in büyüye de bulaşan inançları olduğunu belirten Fahrettin Razi, İbrahim aleyhisselamın bu kavimin inançlarını ortadan kaldırmak için gönderildiğini belirtir.

Yalnız Keldaniler değil Eski Mezopotamya medeniyetlerinin hepsinde bilgi göklerde aranmaya başladığından Tanrılar ve Tanrıçalar Gökcisimleri ile ilişkilendirilmişler, hatta görünen hemen bütün yıldızlar isimlendirilerek tanrısal sıfatlarla donatılmışlardır.. Bu yolla rahipler göksel cisimleri ve diğer olayları güç, görev ve yetki olarak tanrılar arasında dağıtarak astrolojiyi oluşturmuşlardır, onların belli başlılarını tapılır tanrılara dönüştürmüşlerdir.

Belli başlılarına tapınma durumunun söz konusu olduğu yerde diğerlerinin ayrı tutulacağını sanmak da pek doğru olmasa gerek. Şu var ki, onları biraz daha "küçük" birer "tanrı" olarak görmüş olmaları akla gelebilir.

Nitekim, bilgilerimizin asıl kaynağı olan "ayet"lerde geçen "daha büyük" anlatımı, Gökcisimlerinin de, "putlar" gibi bir sıralanma içinde tanınmakta ve sayılmakta olduklarını göstermektedir (6/En'am: 78).

Ayetlerin akışında dikkati çeken bir nokta vardır. Putların söz konusu edildiği tüm ayetlerde, konuyu İbrahim aleyhisselamın gündeme getirdiğini görürüz. "Bunlara mı tapıyorsunuz" yollu cümlelerle sorusunu sormakta, sonra da söyleyeceklerini aktarmaktadır, kavmine. Gökcisimlerinden söz eden ayette ise, İbrahim aleyhisselamın konuya girme, sorma, sonra da söyleyeceklerini sıralama yönteminden çok, bir "irdeleme", bir "eleştirme", bir savı "araştırma" tavrı; hatta bu inanç sistemini dalgayla karışık abartılı bir eleştiriye tabi tutup, küçük bir parodi şeklinde onlara sunma edası gözlenir. Sanki, konu bir başkası veya başkalarınca ortaya konulmuştur da, İbrahim aleyhisselam bu öne sürülen savları pek de ciddiye almadan irdelemektedir.

Nitekim, basamak basamak süren böyle bir "irdeleme"yi izleyebiliriz, En'am suresinde: "Gece basınca bir yıldız görmüştü. 'İşte, bu imiş benim Rabbim' dedi. Yıldız batıverince, 'batanları sevmem' dedi. (6/En'am: 76)" Ayetindeki "sevmem" deyişte öyle bir tavır var ki, sanki birileri "Putlarımız bir yana, ama, ya göktekilere ne dersin?" gibisinden bir soruyla tartışmayı başlatmış da İbrahim aleyhisselam hafifseyerek değerlendirme yapıyor gibidir. Üstelik, "Göktekiler" ile onu daha çabuk ikna etmek imkânı varmışçasına sorulan bir soruya karşılık...

Nitekim, "Babası dedi ki: Sen benim tanrılarımı beğenmiyor musun? (19/Meryem: 46)" ayetinde bu durumu açıklıkla görürüz. O ayetin öncesinde "putlar" söz konusu olduğuna göre, artık, kavminin İbrahim aleyhisselamla "göktekiler" konusunda tartışma açtığını söyleyebiliriz.

"Yıldız"ın beğenilmemesi üzerine, ona bu kez de daha çok önemsendiği belli olan "ay" gösterilmekte ve kim bilir konuyla ilişkili olarak neler de söylenmektedir. İbrahim aleyhisselam bunun üzerine de "bu imiş, Rabbim" der. Bu deyişte de, ilk andığımız ayette olduğu gibi "bu muymuş?" anlamı tüter. Ayın batması üzerine, kendisini iknaya çalışanların sapıklığını vurgularcasına "Rabbim beni doğruya eriştirmeseydi, and olsun ki, sapıklardan olurdum" diyerek, karşı tarafın bir kanıtını daha geri çevirmiş olur (6/En'am: 77).

"Güneş" gündeme getirildiğindeyse, ince bir nükteyle eleştirmektedir, kavmini: "Bu daha büyük"... "Bu imiş benim Rabbim, bu daha büyük" sözlerinin ardından, güneşin batışıyla birlikte, "Ey kavmim, doğrusu ben ortak koştuklarınızdan uzağım" diyerek, "Doğrusu, ben, yüzümü o gökleri ve yeri yaratmış olan Allah'a yönelttim; ben ortak koşanlardan değilim" sözleriyle de "çağrı"sını bir kez daha vurgular (6/En'am: 78-79).

Putları tanrı olarak benimsemenin sapıklık olduğunu açıklaması (6/En'am: 74) üzerine, kavmi O'na "gök yüzündekiler"i ve "daha büyüğü"nü gösteredursun, gerçekte, bu tartışma sırasında İbrahim aleyhisselam Yüce Allah'ın göklerdeki ve yerdeki hükümranlığını seyretmektedir (6/En'am: 75).

Bölüm 4
TOPLUMSAL YAPIDAN BİR KESİT

Toplumsal Yapıdan Bir Kesit

I. Genel Çizgiler

Nemrut'un toplumunda ilk göze çarpan yanlardan biri de halkın tapınaklara olan ilgisidir. Gerek tapınakta bulunan putların çokluğu (21/Enbiya: 58), gerek putlara sunulan yemekler (37/Saffat: 91), gerek İbrahim aleyhisselam ile yapılan tartışmaların gösterdiği yoğunluk (2/Bakara: 258, 6/En'am: 80, 21/Enbiya: 55, 29/Ankebut: 24) ve gerekse, putlarını sahiplenmeleri (21/Enbiya: 59-60, 29/Ankebut: 24, 37/Saffat: 97), hep, bu ilginin birer göstergesidir. Hele, En'am suresi içinde anlatılan Gökcisimlerine ilişkin tartışma (6/En'am: 76-79), özellikle bu ilginin boyutlarını belirleyici bir olay olarak değerlendirilebilir.

Bu ilginin korkutmalara, kovmalara ve hatta ateşe atmalara dek varabilecek bir şiddeti, bir "inanç tutkusu"nu yanında taşıdığı (19/Meryem: 46-48, 6/En'am: 80) noktası üzerinde ileride duracağız.

Toplumun tapmakta olduğu putlarının birer "heykel" olduğunu, dolayısıyla da "heykel yontuculuğu"nda oldukça ileri bir düzeyin tutturulmuş bulunduğunu da, sürekli biçimde "putlar" diye anılan bu şeylerin kimi kez de "heykel" diye adlandırılmasından anlamaktayız (21/Enbiya: 52, 37/Saffat: 95).

Heykellerle birlikte ve belki de el ele yürüyen ikinci bir sanat kolu daha vardır. Bu, olabilir ki, "putlar" çevresinde oluşturulmuş bir "mitolojik" öyküler yığını veya "inanç" esaslarını işleyen kimi felsefi parçalardır. Kesin bir şey söyleyebilecek bir durumumuz yoktur. Ancak, böyle bir etkinliğin varlığını öne sürebilecek durumdayız. Nitekim, İbrahim aleyhisselamın, "Siz Allah'ı bırakıp yalnızca bir takım putlara tapıyor ve aslı astarı olmayan sözler uyduruyorsunuz." demiş olması (29/Ankebut: 17), bize; ama dua, ama "ilahi", ama övgü, ama esâtîr türünden birtakım "sözler"in uydurulmuş olduğunu, bir edebiyat etkinliğinin varlığını anlatmaktadır.

Bu "aslı astarı olmayan sözler"in tümünün içeriğini bilmiyoruz. Ancak, andığımız ayetin "Doğrusu, Allah'tan başka taptıklarınızın size rızık vermeye güçleri yetmez. Öyle ise, rızkı Allah katında arayın. O'na kulluk edin, O'na şükredin..." sözleriyle sürmesi, bu edebiyat etkinliklerinin içeriğiyle ilgili az da olsa bir bilgi edinmemize açılım sağlar. Anlaşılıyor ki, yalvarışlar vardır, tapınma vardır, şükür ve övgü vardır, bu "uydurulan ve aslı astarı olmayan sözler" arasında. Bu da, sözü edilen sanatın heykelcilikle birlikte ve puta tapıcılığın etkisiyle, itkisiyle yürümekte bulunduğu izlenimini vermeye yetmektedir.

Nemrut toplumunun genel çizgilerini gözlemlediğimiz çerçeve içerisinde üzerinde durulması gereken bir başka yan da, tapınmakta bulundukları Gökcisimlerine ilişkin çalışmaları ve inançlarıdır. İbrahim aleyhisselamın yıldızlara bir göz attıktan sonra "rahatsızım" deyişi üzerine kavminin geriye dönüp gitmeleri, hem yıldızlara ilişkin "bilgi" düzeylerini ve hem de yıldızların yaşam üzerinde etkisi bulunduğu yolundaki "inanç"larını ortaya koyucu bir kanıttır (37/Saffat: 88-90).

II. Kurumlar

Nemrut toplumunda halkın ilgi alanını oluşturan ve belki de "merkez"lik işlevi veren bir kurum olarak "tapınak"ların bulunduğunu yinelemeye, bilmem, gerek var mı?

Bu konuda üzerinde durulacak nokta, bu kurumların kesin olan varlığı değildir de, olsa olsa, "merkez" olarak bir işlev verme durumunda olup olmadıklarıdır. İbrahim aleyhisselamın putları kırışından sonra, halkın, "onu halkın gözü önüne getirin" deyişleri (21/Enbiya 61) ilk bakışta, tapınakların "yargı" yeri olduğu izlenimini de vermektedir. Şu var ki, ayet, "O halde, bunların şahitlik edebilmeleri için onu halkın gözü önüne getirin" şeklinde gelmektedir (aynı ayet). Buysa, tapınakların bir yargı merkezi görevini üstlenmesini belirtebileceği gibi, yalnızca, "bunların şahitliği"ni sağlamak üzere yargılamanın tapınakta yapıldığını da gösterici bir anlam taşımaktadır. Ya da tapınak bir yargı merkezi olarak yetersiz kalmış, olayın şiddetinin artması için halkın hışmına gerçek yaşam alanlarında başvurulmuştur..

Bu bakımdan, kesin bir şey söylemek mümkün değildir.

Yalnız, aynı ayetin anlatımına bakarak bir başka kesin bilgi edinebiliriz. O da, "yargı" kurumunun yerleşik bir yapı kazanmış olduğudur. Çünkü, dikkat edilirse, yargılama sırasında "tanık"lardan söz edilmekte, kanıt değerlendirmesi yönüne gidilmektedir. Bu tutum, yerleşik bir yargı işlevinin varlığını, yargının kurumlaşmış olduğunu göstermektedir.

Hükümdarlık kurumu ise, tam anlamıyla, astığı astık kestiği kestik türünden bir baskı düzeninin sürdürücüsü olarak göze çarpar. "Kendisine mülk verilen kimse"nin "Ben de diriltir ve öldürürüm." diyebilmesi, -işte, böylesine bir başına buyruk oluşun anlatımıdır (2/Bakara: 258). Bu ayette geçen "mülk" kelimesinin "hükümranlık, erkinlik, egemenlik" anlamlarına geldiğini ayrıca belirtmekte yarar olduğunu sanıyor ve belirtiyoruz.

III. Gelenekler ve Eğitim

Nemrut toplumunda "gelenek" büyük ve önemli bir yer tutar. Toplum yapısı, bütünüyle geleneklerle oluşmuş, gelenekler birikimi topluma biçim vermiştir, diyebiliriz. Çünkü, yaşantılarının temelini oluşturan "din"leri için, kendileri, "atalarımızın dini" demektedirler. Hemen hemen tüm "cahiliye" toplumlarını pençesine almış bulunan bu hastalıktan Nemrut'un toplumu da yaka sıyıramamıştır.

Nitekim, İbrahim aleyhisselam, babasına ve kavmine "Bu tapınıp durduğunuz heykeller de nedir?" diye sorduğunda, onlar, "Babalarımızı bunlara tapar bulduk.." diye karşılık verir (21/Enbiya: 52-53). Yine, İbrahim aleyhisselam, "Çağırdığınızda sizi duyarlar mı veya size bir yarar ve zarar eriştirebilirler mi?" diye sorduğunda, onlar, "Hayır ama, babalarımızı bu şekilde ibadet ederken bulduk." yanıtını verirler (26/Şuara: 72-74).

Bu, gelenekleşmenin de ilerisinde bir kemikleşme durumudur. Çünkü, İbrahim aleyhisselamın bütün uyarıları, akıllarına seslenmeleri, düşünmeye çağırmaları karşısında verebildikleri başlıca yanıt, destek gördükleri biricik dayanakları dinlerinin ve inançlarının "atalar"ından gelmiş olmasıdır.

Örneklememizde yarar var:

Kavminin "Babalarımızı bunlara tapar bulduk.." sözleri üzerine, İbrahim aleyhisselam, "And olsun sizler de babalarınız da apaçık bir sapıklık içindesiniz." (21/Enbiya: 54) der ve putların konuşmaktan bile aciz olduğunu, kendini koruyamayacak bir durumda bulunduğunu gözlerinin önüne serdikten (21/Enbiya: 62-65) sonra da sorar: "O halde Allah'ı bırakıp da size hiçbir yarar ve zarar veremeyecek olan şeylere niye taparsınız?" (21/Enbiya: 66) Ama bu, uyanmalarına yetmez.

Çağırdıklarında duymayan, yarar ve zarar eriştiremeyen bu "babalarından görmeleri dolayısıyla tapındıkları" putlarına büyük bir bağlılıkları da vardır (26/Şuara: 71).

"Körü körüne tapınma"nın da ilerisinde bir "tapma" olduğunu anlarız, andığımız ayetin "Putlara tapıyoruz, onlara bağlanıp duruyoruz.." biçimindeki haberinden. Bağlanma. Bu kelime, bize, bir koşullanmışlığı anlatır. Demek ki, "putlara bağlanma", hatta "bağlanıp durma" büyük bir önem ve ağırlık verilerek yürütülen bir "eğitim"le sağlanmıştır. "Genel çizgiler" başlığı altında verdiğimiz bilgiler içinde yer alan edebiyata ilişkin etkinliklerin katkısıyla sürdürülen beyin yıkayıcı bir eğitim sistemi, halkı, putlara yalnızca ve bilinçsizce tapma gibi bir noktanın da ilerisine götürmüş, onları sımsıkı bağlamıştır. Putlara bağlanmalarını gerçekleştirici bir eğitim çarkı kurulabilmiştir.

Üçüncü bölümde yer alan "Putlara tapınma" başlığı altında değindiğimiz "putlardan umulanlar" da, işte, böyle bir beyin yıkayıcı eğitimin boyutlarını gözlemlemek için, burada anımsanmalıdır.

Verilen eğitimin etkinliğini ve ortaya çıkardığı sonuçları, özellikle, şu olayda görebiliriz:

"Derken, hepsini paramparça edip, ona başvursunlar diye büyüğünü sağlam bıraktı. Kavmi: 'Bunu tanrılarımıza kim yaptı? Doğrusu, o, zalimlerden biridir..' dediler. Kimileri: 'İbrahim denilen bir gencin onları diline doladığını duymuştuk..' deyince, 'O halde, bunların şahitlik etmeleri için onu halkın gözü önüne getirin.' dediler." (21/Enbiya: 58-61)

Anlaşılıyor: İbrahim aleyhisselam putları kırdıktan sonra, gelenler, onun yaptığını anlamışlardır ve hesap soracaklardır. Nitekim, İbrahim aleyhisselam bulunarak getirilir "Sorgu" başlatılır:

"Ey İbrahim, bu işi tanrılarımıza sen mi yaptın?"

Yanıt: "Belki onu şu büyükleri yapmıştır. Konuşabiliyorsa, onlara sorun!..."

İbrahim aleyhisselamın bu yanıtı bir "şok" etkisine yol açmıştır. Öyle ki, kendi aralarında birbirlerine: "Doğrusu siz haksızsınız." demeye başlamışlardır (21/Enbiya: 62-64). İşte, akıl işlerlik kazanmaya başlamıştır. Düşünebilecekler, değerlendirme yapabilecekler ve tutarlı bir sonuca varıp, kesinlikle, Yüce Allah'a teslim olacaklardır.

Ama nerede?..

Öylesine bir "eğitim" çarkıyla öylesine bir koşullanma içindeler ki, bu "sağduyu" onları bir an yoklayıveriyor. Ancak, hemen ardından "eski kafalarına döndürülüyorlar" (21/Enbiya: 65). Anlatım, çok duyarlı bir noktaya çekiyor gözleri. "Eski kafalarına dönmüyorlar", evet, "döndürülüyorlar". Dönebilmek, bir "düşünme ve değerlendirme" işidir; döndürülmek ise, yalnızca, koşullanma gereği.

"Burada kalsa, yine iyi" mi diyelim? Sonraki olaylar, çünkü, handiyse, böyle dedirtecek. Bakınız, kendi dilleriyle: "And olsun ki, bunların konuşamayacağını sen de bilirsin." diyorlar (Aynı ayet). Bu konuşamayanlara "bağlanma" neden? Elbette, eski kafalarına döndürülmüş olmaktan. Çünkü, ayet, eski kafalarına döndürülme ürünü olarak belirliyor bu sorunun yanıtını. Bu "döndürülme" üzerine, işte, İbrahim aleyhisselam, çarpıcı bir biçimde yine soruyor, sorusuyla belli bir yargıya ulaşıyor: "O halde Allah'ı bırakıp da size hiçbir yarar ve zarar veremeyecek olan şeylere niye tapıyorsunuz? Yazıklar olsun size ve Allah'ı bırakıp da taptıklarınıza. Akıllanmayacak mısınız? (21/Enbiya: 66-67)"

Ama, bir kez "eski kafalarına döndürülmüşlerdir", nasıl akıllanabilirler? Nitekim, akıllanacaklarına, "Şunu yakınız!..." diyorlar.

İşte böylesine bir yapıyı oluşturucu bir eğitim çarkıdır, Nemrut'un kurmuş olduğu beyin yıkayıcı sistem. Öyle ki, Gökcisimleriyle ilgili tartışma bile yıkamaz bu çarkla kemikleştirilmiş olan kafa yapılarını...

IV. Ve Baskı

Nemrut toplumunun yapısal yanı beyin yıkayıcı bir "eğitim" sistemi ile oluşturulurken ve oluşmuş yapının bu yolla sürdürülmesine çalışılırken, öte yandan da, "herhangi bir kayma ve sapma"yı önleyici başkaca önlemler de alınmış; bu doğrultuda kimi tutum ve kurumlar da yerleşik bir biçimde işlev görür olmuşlardır.

Bu bakımdan, yukarıda izlediğimiz karşılıklı konuşmayı, tartışmayı ve bu arada tam "akıllanacakken" eski durumuna döndürülen kafa yapısının bu durumunu ve eğilimini, yalnızca eğitime bağlamamak gerekir. Olabilir ki, olabilirden de ileri bir gerçektir ki, Nemrut diğer önlemleri de almaktan geri durmamıştır.

Nitekim, biz, "çizgi"den çıkanların taşlandığını (37/Saffat: 97), yurdundan yuvasından uzaklaştırıldığını (6/En'am: 80), bir tür "aforoz"a uğratıldığını (19/Meryem: 46) ve hatta ateşe atıldığını (21/Enbiya: 68, 29/Ankebut: 24, 37/Saffat: 97) öğrenmekteyiz, çeşitli ayetlerden.

Bu baskılar, haliyle, büyük bir korkuya da yol açmıştır ve toplumda "korku" kol gezmekte; kafalar biraz da bu korkunun etkisi altında, korkunun koşullandırmasıyla da "eskiye döndürülmektedir."

Bu toplumda korku da, hep olduğu gibi, eğitim gibi koşullandırıcı bir işlev yüklendirilmiş olarak canlı tutulmaktadır, Öyle ki, sonunda "hapis" değil de, doğrudan doğruya taşlanma, öldürülme ve yakılma olan bir durumun doğurduğu korkudur, bu.

Nemrut toplumundaki bu korku ögesini dolaylı olarak algılamıyoruz. Açık bir anlatımla bildiriyor Kur'ân-ı Kerim. İnsanlar korkutulmaktadır ve korkmaktadır. Korkak bir yapı verilmiştir onlara, besbelli.

İbrahim aleyhisselamın Gökcisimler hakkında, çevresinde yaptığı tartışma sırasında "Ona ortak koştuklarınızdan korkmuyorum (6/En'am: 80)" deyişi ve sözlerine "Allah'a ortak koştuklarınızdan nasıl korkarım?" (6/En'am, 81) diye soruyla devam edişi, sanırım, bu korkunun boyutlarını ve toplum içindeki etkisini göstermek için yeterlidir. Ancak, "iman"dır ki, insanı bu korkudan kurtarabilmektedir.

Nitekim, İbrahim aleyhisselamın ve onunla birlikte olanların, Kur'ân-ı Kerim'in bizim için güzel bir örnek olarak andığı bu kimselerin, "Biz, sizden ve Allah'ı bırakıp da taptıklarınızdan uzağız. Sizi inkâr ediyoruz. Yalnız Allah'a inanıncaya dek bizimle sizin aranızda ebedi düşmanlık ve öfke baş göstermiştir" diye meydan okuyuşları (60/Mümtehine: 4), ancak, imanın verdiği korkusuzluğu, imanın korkuyu gidermesini gösterdiği gibi, bu meydan okuyuş sırasında "Ey Rabbimiz sana güvendik, sana dayandık, sana yöneldik, dönüş sanadır.." duaları da korkunun nerelere dek varmış olduğunu ve korkusuzluğun sırrını anlatır (Aynı ayet). Hele, "Ey Rabbimiz, bizi, kâfirler için bir fitne kılma!" (60/Mümtehine: 5) yolundaki sığınmalar...

V. "Şaka mı Ediyorsun?"

İbrahim aleyhisselamın "çağrı"sı karşısında "Sen bize gerçeği mi getirdin, yoksa şaka mı ediyorsun?" (21/Enbiya: 55) diye sormaları, Nemrut toplumunun "ruh röntgeni"ni verici bir açılımdır. Çünkü, bu soruda, görüldüğü gibi "hayret" vardır. Hayır, "alay" değil de, yalnızca "hayret" vardır. İki sebepten doğabilecek bir hayrettir, bu:

Ya, putlarına ve diğer tanrılarına "bağlılıkları" tamdır. Yani, beyin yıkayıcı güçlü bir eğitimle koşullanmış olma dolayısıyla yepyeni bir "inanca çağrı" karşısında şaşmaktadırlar.

Ya da, korkuyla koşullanmışlığın da ötesinde öyle bir korkunun bilinci içinde bulunmaktadırlar ki, kendi inançlarına, toplumun inançlarına uygun düşmeyen böyle bir "çağrı"yı yaptırtabilen "iman"a şaşırmakta, böyle bir imanın verimi karşısında hayrete düşmektedirler.

Her iki durumda da toplum bireylerinin nasıl kemikleştiği, kemikleştirilmiş olduğu, yaşanan ve yaşanmakta olan koşullandırmaların insanın kafa yapısında oluşturduğu kemiksi yapı apaçık görünmektedir. Eğitimle koşullandırmanın dürtüsünde iseler, böyle bir şeyin düşünülebilmesine; korkunun güdüsüyle davranmaktaysalar, o zaman da, böyle bir çağrının yapılabilmesine "hayret" edici bir kemikleşme, işte.

Bu sorunun "Babalarımızı bunlara tapar bulduk." deyişlerinden sonra İbrahim aleyhisselamın yaptığı çağrı üzerine sorulmuş olması ise, Nemrut toplumundaki geleneklerin yol açtığı kemikleşmeyi gösterici bir belge. Tüm gelenekçi toplumların ortak açmazı...

Bölüm 5
TOPLUMSAL İLİŞKİLER DÜZLEMİ

Toplumsal İlişkiler Düzlemi

I. Temel Kavramlardan Birkaçı

Nemrut toplumunun toplumsal yapılanımında temel öge, "putlar"dır. Yaşam, bütünüyle, bu putlara tanınmış olan, bu putların taşıdığı varsayılan kimi yetkinlikler ve etkinlikler çerçevesinde ve çevresinde biçimlendirilmiş bulunmaktadır. Düzen, putlara ilişkin "varsayımlar" üzerine kuruludur.

Bu varsayımları yerli yerinde irdelemiş olabilmek için, toplumdaki "tanrı" kavramını bir kez daha ve bu kez daha da derinlemesine ele almamız gerekecektir:

Ayet'lerde "tanrı" kavramına ilişkin olarak kullanılmakta bulunan kelimelere baktığımızda, bunların sayıca az olduğunu, belli kimi kelimelerin kullanıldığını göreceğiz. Ayrım yapmaksızın sıralayalım: "İlah", "put", "Rab", "Rahman", "Allah"...

"Rahman" adı bir tek yerde, tek olayın anlatımıyla ilgili olan iki ayette (19/Meryem: 44-45) geçmektedir. "İlah" veya "ilahlar" sözcüğünün geçtiği yer sayısı, yalnızca yedidir (19/Meryem: 46, 6/En'am: 74, 21/Enbiya: 59, 62, 63, 37/Saffat: 86, 91). "Put" kelimesi (heykel ve ellerle yontulanlar da içinde olmak üzere) sekiz yerde kullanılır (6/En'am: 74, 21/Enbiya: 52, 57, 26Şuara: 71, 29/Ankebut: 17, 25, 37/Saffat: 95, 96). Yıldız, ay ve güneşin birer kez dile getirildiğini görmekteyiz, İbrahim aleyhisselamın gözlerini yıldızlara kaldırıp da, "rahatsızım" dediği olayı bir yanda tutarsak (6/En'am: 76-78).

Anlamlarını bu kitabın "ikinci bölümü" olarak vermiş bulunduğumuz 91 tane ayet içinde ise, andığımız bu kelimeleri belirleyebilmek, ayrı bir özeni gerektirmektedir.

Bu ayetlerin tümü, doğrudan doğruya "Rabb" kelimesi çevresinde dönüyor gibidir. Öyle ki, Yüce Allah'ı anlatmak için olsun, Nemrut toplumunun tapınmakta bulunduğu şeyler için olsun, baştan sona aynı kelime kullanılmış gibi bir ön izlenime düşmekten kendinizi alamazsınız.

Üzerinde durulması gereken noktalardan biri budur.

İkincisi, gerek puta tapıcıların ve gerekse İbrahim aleyhisselamın "putlar" için hiçbir zaman "Rabb" kelimesini kullanmamakta oluşu üzerinde durmak gerekir. "Putlar" için kullanılan kelimeler, "taptıklarınız" ve "ilah" kelimeleridir. Nemrut toplumu düzleminde "Rabb" kelimesinin yalnızca "Gökcisimleri"ne ilişkin olarak ve tartışma sırasında İbrahim aleyhisselamın ağzından "Bu imiş, Rabbim?" sorusuna konu olarak anıldığını görmekteyiz.

Üçüncü nokta ise, İbrahim aleyhisselamın sürekli bir biçimde "Allah'tan başka taptıklarınız" anlatımını canlı tutuşudur. Sürekli bir biçimde "Allah" adının vurgulanmasına özen göstermektedir, Allah Dostu...

Bu üç noktayı bir araya getirdiğimizde varacağımız sonuç ise, şudur:

a. "Putlar"a tapınılmasına karşın, onlara "Rabb" gözüyle bakılmamaktadır.

b. "Rabb"lık, ancak, Gökcisimlerine tanınmaktadır.

c. "Allah'ın kendisine hükümranlık verdiği kimse"nin de Rabb sayıldığını, toplumda böyle bir anlayışın bulunduğunu eklememiz gerek (2/Bakara: 258).

d. Toplum "Allah'ın varlığı"ndan "haberli" bir toplumdur.

İlk sıraya koyduğumuz "putlara tapınılmaktadır" cümlesinin "putlara tanrı gözüyle bakılmaktadır" anlamını taşıdığını da, burada bir kez daha vurgulamalıyız. Ancak, onlarda "rabblık" gücünün görülmediğine ise, değinmiştik.

Bu belirlemelerin ışığında, artık, kimi tutumlar üzerinde durabileceğiz.

II. "Putlar" Dolayısıyla...

Nemrut toplumunda, "dünya hayatı"nda Allah terk edilmiş durumdadır. Ayet-i Kerime, "Dünya hayatında Allah'ı bırakıp da..." (29/Ankebut: 25) ifadesiyle, bu durumu açık bir biçimde anlatır. "Allah"ın yaşamın dışında tutulduğu bir toplumla karşı karşıya bulunmaktayızdır. Bu durumda toplumdaki kimi kişilerin Allah'tan "haberdar" olması herhangi bir anlam taşımaz. Yüce İsim, bir bakıma, "içi boş", "içeriksiz", belli bir "anlam" belirtmeyen "kelime" olarak biliniyor olsa gerek. Dahası: "Allah" kavramına ilişkin kimi "anlam"lar varsa bile, bu, yalnızca sözde vardır, "söz" çerçevesinin dışında bir varlık belirtiyor değildir. Öyle bir "bilme"dir ki bu çerçevedeki "haberli"lik, gerçek anlamıyla bir "bilmeme"den farkı yoktur.

Dördüncü bölümün "putlara tapınma" başlığı altında belirtildiği gibi, "Yaratıcı"lık bile, "Allah'tan başka"sında görülüyor olsa gerek ki, İbrahim aleyhisselam kavmiyle yaptığı tartışmasında, "Doğrusu ben, yüzümü o gökleri ve yeri yaratmış olan Allah'a yönelttim" (6/En'am: 79), "Hayır; Rabbiniz, göklerin ve yerin Rabbi'dir. Ki, onları O yaratmıştır" (21/Enbiya: 56), "Beni yaratan da, doğru yola eriştiren de O'dur" (26/Şuara: 78), "Allah'ın yaratmaya nasıl başlayıp..." (29/Ankebut: 19, 20), "Halbuki, sizi de, yonttuklarınızı da Allah yaratmıştır" (37/Saffat: 96) diyerek, kavmini bu doğrultuda uyarmaya çalışmaktadır. Tapınılmakta olan "Gökcisimleri"nin "yaratıcı" olduğuna inanılmıyor veya her putta yaratıcılık görülmüyor olsa bile, kesinlikle, "yaratma"nın kendisinden bilindiği "tanrı" için -hiç değilse bir "gök cismi" ya da "put" oluşturulmuş olmalıdır ki- Allah Dostu Peygamber "yaratma" konusuna böylesine ağırlık vermektedir.

Bilmekteyiz ki, birçok "cahili" toplumda Yüce Allah yaşamın dışında tutuluyor olsa bile, "yaratma" gündeme geldiğinde, hemen, "Allah" karşılığı verilmektedir (29/Ankebut: 61). "Yaratma" konusunda "Allah" diyenlerin toplumundaki bu "dünya hayatında Allah'ı bırakma" tutumunun bulunması karşısında, elbetteki, her konuda Allah'ı bırakmış olan Nemrut toplumunda da durum aynı olacak; toplumsal ilişkilerin "dünya hayatında Allah'ı bırakmak" biçiminde bir yapı kazandığı gözlenecektir. Hatta diğer cahili toplumlarda Allah yaratan olarak görüldüğü halde Allah'ı bırakma oluyorsa, Nemrut toplumunda yaratıcı olarak tanınmayan Allah'ın tamamıyla unutulması onların normali olarak görülecektir..

Nemrut toplumunun yapısal özelliği, özellikle, Yüce Allah'ı toplumsal yaşantının, dünya yaşamının dışında bırakmak noktasında odaklaşmış olarak göze çarpar.

III. Dostluklar

Nemrut toplumunda Yüce Allah'ın toplum yaşamının dışında bırakılmış olması, her alanda "ortak koşulan" diğer şeylerin işlev vermesi sonucuna götürür yaşayanları. Sözgelimi, "yıldızlar"ın insanın sağlığı ve genel gidişi üzerinde etkili olduğu (37/Saffat: 88-89), -bunun gibi- diğer Gökcisimlerinin de benzeri kimi etkinliklere sahip bulunduğu yolundaki inançları bu arada sayabiliriz.

Şu var ki, "Gökcisimleri"nin bir devinimi vardır. İnsanların kendi durumlarını ve kimi olayları, bu "devinim"e bakarak, kendi evrenlerinin bir parçası olan bu cisimlere bağlamalarının bir açıklamasını yapmaları, ola ki, kulak verilebilir görünmüştür onlara. Sonuçta, kimi durumların ve olayların kimi durumlara ve olaylara yol açabileceği gibi bir "mantık"la, böyle bir noktaya varmış olabilirler.

Ya "putlar"?... Elleriyle yonttukları (37/Saffat: 95), konuşamadıklarını kendilerinin de bildikleri (21/Enbiya: 65) ve paramparça olduklarını gözleriyle gördükleri (21/Enbiya: 58-59) putlar?... Onlardan nasıl umabilmekte, durum ve olayları onlara nasıl bağlayabilmektedirler?... Buna göre de, "putlar"a ne tür bir etkinlik tanınmış olmaktadır?...

Kur'ân-ı Kerim, bize, bu sorunun yanıtını da vermektedir: Vesile...

Putlara tapınmanın Yüce Allah ile kulu arasına, yakınlık, şefaat sağlamak ve benzeri amaçlarla "vesile" koyma gereksinmesinden, böyle bir gereksinmeyi gerekli görmüş olmaktan doğduğunu yine Kur'ân-ı Kerim haber verir (36/Yasin: 74, 46/Ahkaf 28, 39/Zümer: 3, 10/Yunus: 18). Başlangıçta böyle olmuş olmasına karşın, Nemrut toplumu "Nemrutlaşma" yolunda öylesine bir yol almış ki, sonunda, "putlar"ın bu doğrultudaki "vesile" edilişleri de yerini, yine, "dünya yaşamı"na bırakmıştır. "Dünya hayatı"nda Yüce Allah'ı bir yana bırakıp da putlara tapınan bu toplum, "putlar"ı da Yüce Allah'a "vesile" olma işlevinden soyutlayıp, yalnızca, "dünya yaşamı" ile ilgilendirir olmuştur. "Dünya hayatında Allah'ı bırakıp, aranızda putları dostluk vesilesi kıldınız" (29/Ankebut: 25) ayeti, putların bile "yalnızca dünya"ya özelleştirildiği, nasıl da dünyacı bir toplumla karşı karşıya bulunduğumuzu açıkça anlatır. Dünya hayatında Allah bırakılmış ve "putlar" da dostluklara vesile kılınmıştır.

IV. Ve... Rabb...

İşte bu noktaya gelindiğinde, dünya hayatında Yüce Allah'ı bırakan toplumun, "putları" da aralarında dostluk için "vesile" kıldığı bu düzlem belirlendiğinde, artık, İbrahim aleyhisselamla ilgili kıssalardaki ayetlerin baştan başa "RABB" kelimesiyle örülü bulunuşunun hikmetinden derlemeler yapılabilir.

Anlaşılıyor ki, toplum üyeleri için aralarında bağ ve bağlantı kurucu bir "gözetici", bir "yüklenici", bir "gereksinim karşılayıcı", bir "düzenleyici", bir "düzene göre yetiştirici, eğitici", bir "seçkin", bir "sözü dinlenir", bir "üstünlüğü onaylanır" şeye gerek duyulmaktadır. Bu, her tür ilişkiyi üzerine kurabilecekleri, her türlü bağlantıya dayanak yapabilecekleri, her çeşit dayanışmada aracı edinebilecekleri, çeşitli işlerinde tutunabilecekleri bir şeydir. Geniş kapsamlı ve yaygın uygulamalar arasında ilgi ve hatta birlik sağlayıcı bir "kök", bir "kaynak"... Bir "sevgi" kökü... "Sevgi" kaynağı. Sevgi üzerine kurulu dostluklara götürücü bir "vesile"... Ve, dünya hayatı için...

İşte, gerçek "Rabb"in yitirildiği, unutulduğu yerde insanlar yaşamlarını bir şeye, herhangi bir şeye bağımlılayacak, sözgelimi "yıldız"ların egemenliği altına girecek ve bunun dünya yaşamındaki yansımaları açılımında da, bir tür karşılıklı dayanışma doğurucu "dostluk"lar için "vesile"ler üretmek zorunda kalacaktır.

Nemrut toplumu, ilginçtir, gökcisimlerini "Rabb" saymış olmakla birlikte, onları bile yaşamından dışlamanın savaşımı içindedir, eylemli olarak. Onlara karşı kendi aralarında bir sevgi ve dayanışma bağı ürünü dostluk oluşturur gibidirler. Bu dostluklarındaki "vesile"leri ise, "putlar"... Putların -kimbilir, belki de- güneş, ay ve yıldızları simgeliyor olmasına karşın, yine bu putların "dünya hayatı için dostluk vesilesi" kılınması olgusunun altında yatan gerçek işte budur.

Bunun böyle olması durumundaysa, "Rabb"e karşı birbirini kollayan dostlar ortaya çıkmakta, böylece "insanın rabbi insan" gibi bir eğilim sezinlenmektedir. Ama, bu bir diğerini Rabb edinişi, bir diğerine Rabb oluşu perdelemek adına da, putların "vesile" olarak kullanılması...

"Putlar"ın vesile kılınmış bulunduğu bu "dostluk"ların çok geniş kapsamlı ve etkin bir dayanışma görünümlü olduğunu, "insanın aczine son verici" bir "güç" oluşturduğunu ve "insan" karşısındaki diğer şeylerin "aciz"lik noktasında tutulması gibi bir amaç taşıdığını, yine, İbrahim aleyhisselamın "Siz, ne yer, ne de gökte O'nu aciz bırakamazsınız. Allah'tan başka sizin hiçbir dostunuz ve yardımcınız yoktur" (29/Ankebut: 22) sözlerinden anlıyoruz. Evet; putlar vesilesiyle oluşturulmuş bir dostluk ki, kendilerinin dışındaki şeyleri "aciz" bırakmanın çırpınışı içinde bulunmakta...

Bölüm 6
TEPEDEKİ ADAM

Tepedeki Adam

I. Piramit Örneği

Nemrut toplumunun tüm üyelerini tekdüze bir "eşitlik" içinde düşünmek mümkün olamayacağına göre, "putları aralarında dostluk kurmak için vesile" edinmiş bulunan bu bireylerin "dostluk"larıyla bir piramit oluşturduklarını var saymak durumundayızdır. Herkesin kendisinden bir üstününü, bir güçlüsünü, bir etkinini, bir etkilisini, bir yetkilisini "rabb" edindiği bir piramit. Gökyüzündeki güneş, ay ve yıldızlar arasındaki hiyerarşinin tapınaklardaki putlara aynı sıralama ile yansımasının uzantısı olarak toplumda oluşan bir "piramitleşme" olgusu. Nitekim Gökcisimlerinin hiyerarşik sıralamasının putlarda ve insanlarda aynen gerçekleştirildiğini görürüz.

Bu piramitleşmenin genel ve temel itkisi, kesinlikle, "dünya hayatı" bakımından büyük bir önem taşıyan "rızık"tır. "Rızk" sağlanması, "rızk"ı elde tutma çırpınışları, bireylerden her birini diğerinin "kulu" durumuna getirmiş bulunmakta, bu doğrultuda ortaya çıkan bağımlılıklar da "putlar" vesilesiyle bir "dostluk" biçimine dönüştürülmekte; "putlar"ın vesile kılınmasıyla tam anlamıyla bir dayanışma, böyle bir dayanışma ürünü düzenleme ve düzen gerçekleştirilmiş olmaktadır. Putların dostluğunu, "Doğrusu, onlar benim düşmanımdır. Ancak, Âlemlerin Rabbi dostumdur" (26/Şuara: 77) sözleriyle reddeden İbrahim aleyhisselamın, "O'dur beni yediren ve içiren" (26/Şuara: 79) cümlesi, işte, putları vesile kılan kimseleri gütmekte olan "rızık" itkisini ortaya koymaktadır.

Yine, İbrahim aleyhisselamın söylemiş bulunduğu, "Doğrusu, Allah'tan başka taptıklarınızın size rızık vermeye güçleri yetmez. Öyle ise, rızkı Allah katında arayın. O'na kulluk edin. O'na şükredin..." (29/Ankebut: 17) yolundaki sözler de, seslenmekte olduğu kimselerden bir bölümünün bile olsa kendini "mazur" göstermek istediğini ve bunun için de "çok tutarlı" bir mazeret olarak "rızk"ı öne sürdüğünü göstermektedir. Üstelik aynı anlatımdan, anlatım içinde geçmekte olan "Rızkı Allah katında arayın; O'na kulluk edin, O'na şükredin" cümleleri de, açık bir biçimde, bu "rızık" itkisi içindeki kimselerin, toplumsal katmanlarında "rızık" aramakta bulundukları, "putlar" vesilesiyle "dost"luk kurarak piramit içindeki katlarında rızık aramakta oldukları kimselere şükrettiklerini ve hatta kulluk ettiklerini, böylece, onların "rabb"liğini onayladıklarını göstermektedir.

Rızıkla aynı çizgide görülebilir "ağırlık"ta olan hastalık durumunda "şifa" sağlama (26/Şuara: 80) ümidinin de aynı piramide varlık kazandıran olgular arasında görülmesi gerektiğine değinmeliyiz. Ki, bu açılımda varılacak sonuç, "tüm dünya işleri" için hiyerarşik bir geçerliliğin söz konusu olduğu gerçeğidir.

Dahası: Ölüm ve dirimin de aynı basamaklaşmış yapı içinde değerlendirildiğini söyleyebileceğiz. "Rabb" durumunda sayılanlar diğerlerinin yalnızca yaşam araç ve gereksinmelerini değil yaşamlarını da ellerinde tutmaktadırlar bu düzende. İbrahim aleyhisselamın "Beni öldürecek olan da O'dur..." sözleri "yaşam" olgusunun hangi ellerde görülmekte olduğunu görebileceğimiz bir deyiştir (26/Şuara: 81).

II. Tepedeki Adam

Nemrut toplumunda insanların yaşamlarının bile "insanlar"ın eline bırakılmış olduğunun en açık kanıtı ise Nemrut'un, İbrahim aleyhisselama karşı kullanmış olduğu "Ben de diriltir ve öldürürüm" (2/Bakara: 258) sözleridir.

Bu sözün Nemrut tarafından, İbrahim aleyhisselamın "Rabbim, öldüren ve diriltendir" cümlesine karşı söylenmiş bulunması ise Nemrut'un açık bir biçimde "Rabb"liğini öne sürmekte olduğunu gösterir. Evet; İbrahim aleyhisselam "Rabb"den söz edip O'nun gücünü gösterir örnek vermektedir. Diğeri, kendisinin de aynı güçte olduğunu öne sürmektedir.

"Rabb" üzerine yapılmakta olan bir tartışma sırasında, eğer, herhangi bir kimse, "Rabb" için belirlenen bir gücün kendisinde de bulunduğunu öne sürmekteyse, o kişi, açık bir biçimde "Rabblik davası" güdüyor olacaktır. Nemrut, işte bunu yapmaktadır.

Çok ince bir ayrıntı: Toplumda "rabb" sayılan Gökcisimleri, tapınılan birçok "put" varken, bir "insan"ın "Rabb"liğini öne sürebilmesi, o toplumda "insanların rabbliği" açılımında bir uygulamanın varlığını gösterir. Bu da, işte, böylesine bir piramit oluşturulmuş bulunduğunun bir başka kanıtıdır.

Burada, evet, "Efendim, gökcisimleri ve putlar işin göstermelik yanı; gerçekte Nemrut'a tapınılmaktaydı." gibi bir yola girilemez. Çünkü, yine Ayet-i Kerime bu yolu kesmiştir, kapatmıştır. Nemrut'un "Ben de diriltir ve öldürürüm" sözleri karşısında İbrahim aleyhisselamın, "Allah, güneşi doğudan getirir; haydi sen de batıdan getirsene!" deyişi üzerine Nemrut'un donakalması olayıyla "yol" kapanmıştır. Diyebileceği bir şey yoktur. Ya, "Getiririm.." diyecek (ki, bu düşünülemez ama, öyle var sayalım) getiremeyecek ve halka benimsettiği "Rabb"liğini yitirecek veya "Onu doğudan getiren benim!" karşılığını verecektir. Bu karşılığı verebilirdi. Vermemiş, susmuştur. Çünkü, bu karşılığı verdiği anda, Güneşi "daha büyük" (6/En'am: 78) bir "Rabb" olarak gören halkı, Nemrut'un daha büyük bir "rabb" üzerinde etkin olmak savına tepki gösterebilecektir. Bundan anlıyoruz ki, toplum, "rabbler" hiyeraşisi gözeten bir anlayışla "insanların rabbliği"ni kural olarak benimsemiş durumdadır.

Bu açılımdaki piramidin ise, üst noktası "tepedeki adam" olan Nemrut'tur. Bu piramit düzeninin korunması konusu üzerinde "dördüncü bölümde" kısaca da olsa durduğumuz için, işlemekte olan zulüm çarkına burada ayrıca değinmeyeceğiz.

III. Asıl "Nemrutluk"

Bir yaratığın "Rabb"lik davasında bulunması... Bir insanın "Allah'tan başka" Rabb veya Rabbler edinmesi veya edinilmesine yol açması... Bir insanın Yüce Allah'ın elçilerinden birini öldürmek istemesi, girişimde bulunması; hatta bu elçiyle savaşması, O'na karşı durması, dahası: O'nun getirdiklerini yadsıması... Bir kimsenin, hatta, "zulmen" herhangi bir kimseyi öldürmesi... Bunlar, hep, Nemrut'u Nemrut yapan ögeler. Hele, Peygamberi ateşe atmak....

Ama, O'nun asıl "nemrutluk"u, tüm bunları uygulayabilecek bir ortama elverici bir "düzen"i kurabilmiş olmasıdır. Çünkü, temelde "düzen" vardır ve tüm bunlara "düzen" elvermektedir.

Bir düzen ki, Yüce Allah yaşamın dışına itilmiştir. Dünya hayatında Allah bırakılmıştır da, insanlar arası ilişkilerin kurulması ve yürütülmesi için "putlar" vesile edilmektedir. Allah'ın bırakılarak insanların arasında "dostluk" kurulmasına "putlar"ın vesile kılındığı bu düzenin yürüyebilmesi için "can", "mal", "akıl" ve -hatta, diyebiliriz- "nesil" güvenliği ortadan kaldırılmıştır... İnsanların canları üzerinde "tasarruf" edebilme yetkisi, "mal"larının ögeleri "rızık"larını yönlendirebilme gücü, "akıl"larını biçimlendiren gelenekler birikimi "edebiyat"ı oluşturma imkânı ve "nesil"lerini yoğurma doğrultusunda bir "eğitim" örgüsü elde tutulmakla, gerçekte, insanın korunması gereken can, mal, akıl ve nesil varlıkları denetim altına alınmış, güvenceden yoksun hale getirilmiş ve hatta tehlikeye düşürülmüştür. Bu, tersine de olsa, dört dörtlük bir düzenleme ve düzendir. Nemrut'un asıl "nemrutluk"u da, işte, bu noktada bulunmaktadır. Kişisel olarak yaptıklarından çok, Yüce Allah'a giden yolları tıkayıcı bir işlev veren düzenlemesinden ötürü...

Kitaba Ek

29 Ocak 2007 günü Şanlıurfa'da düzenlenen "Zübeyir Yetik'e Saygı" gecesindeki "Bu Günün İbrahimlerine Hitap" başlıklı hitabemi, konuyu bütünleyeceği düşüncesiyle Ek'te sunuyorum:

"Bu Günün İbrahimlerine Hitap"

Konuşmama, Biricik Efendimiz başta olmak üzere Yüce Allah'ın tüm Elçilerine, bütün müminlere ve siz Değerli Dostlarıma selâmlarımı ileterek başlıyorum.

Gerek az önce dinlemiş bulunduğunuz konuşmalarda ve gerekse bu gece/bu gün münasebetiyle hazırlanmış bulunan elinizdeki dergide, genç dostlarım tarafından "yitik şehir/yitik medeniyet" temeli üzerine kurgulanmış, geliştirilmiş bir tema işleniyor.

Temele oturtulan bu ibareye baktığımızda iki önemli vurguyla karşılaşıyoruz:

Bunlardan birincisinde çöken, yıkılan, yok olan, gözden ve gönülden çıkarılan, dolayısıyla "tarih" konusu olup gündemden düşmüş bulunan değil de, yitik, yiten, yitinmiş, yitirilmiş bir medeniyet, bir uygarlık söz konusu ediliyor ve buna ilişkin kaygılar dile getiriliyor.

İkincisi ise, şehir ve medeniyet vurgusu; daha doğrusu bu iki kavram-kelimenin birbirleriyle ilişkisine ya da birbirlerinden ayrılmazlığına yapılan vurgu. "Yitik" kaygısı, yitirmiş olma duygusu, işte bu vurgulamanın getirdiği açılım doğrultusunda ortaya çıkıyor. Bu açılım Urfa'mız, tarih boyunca hep gerçek bir "medine" olan, medeniyetlere yataklık etmiş bulunan Urfa'mız bağlamında gündeme gelip, oradan bir "yitik medeniyet"i kucaklayıcı genişliğe erişiyor.

Bu cümlemde yer alan "yitik medeniyet" ve "medeniyetlere yataklık etmiş" olmak olgularının bir arada anılması, ilk bakışta, tekil ve çoğulu ayırt etmeyi gözden kaçırmış bir yaklaşım gibi algılanabileceğinden, ifade bir tür çelişki içinde görülebilir. Ya da, "medeniyetlere yataklık etmiş olan bir kent" ifadesinin yanında yer alan "yitik medeniyet" ibaresinin bu kentin yataklık ettiği medeniyetlerden hangisine işaret etmekte olduğu sorusuna yol açabilir.

Böyle bir soruyu kısa bir açıklamayla yanıtlamış olmak ya da görünürdeki bu çelişkiyi giderebilmek için, belki, önce "medeniyet" kavramı ile birlikte Urfa'mızın yataklık etmiş bulunduğu "medeniyetler" üzerine birkaç söz söylemem gerekecek.

Medeniyet, etimolojik olarak "din" kelimesinin bir türevidir. Dinin yaşama geçirilmesi, bir başka deyişle dinsel uygulamaya ilişkin veri ve verimlerin tümünün bir bütün olarak ve bütüncül bir yapı halinde yaşam biçimine dönüştürülmesi "medeniyet"i doğurur, yoğurur, oluşturur ve geliştirir. Batı literatüründeki "site"nin bizdeki karşılığı olan "medine" kavramı da, "medeniyet" gibi, yine "din" kelimesinin bir türevidir ve "din"in yaşama geçirilme alanı olan yerleşim birimini ifade eder.

Sözün bu noktasında, pek de gerekli olmamakla birlikte, Almanya Başbakanı Merkel'in bir cümlesini hatırlatmadan geçemeyeceğim. Televizyonlarda da yayınlanan bir haberde şöyle diyordu: "Avrupa Birliği bir Hıristiyanlar kulübü değildir; ancak Avrupa Birliği Değerleri, Hıristiyan dininin verileri ile oluşmuştur." Televizyon haberlerinin geniş kitlelere ulaşması dolayısıyla Merkel'den aktardığım, gerçekte ise Batılı, hatta Dünyalı tüm düşünürlerin Batı Medeniyetinin ve dolayısıyla medeniyetlerin oluşumuna ilişkin ortak görüşü de olan din ve medeniyet bağlantılı bu tanım, görüldüğü gibi, benim az önce sunduğum belirleme ile bire bir örtüşmektedir..

Bu açıdan bakıldığında, "İbrahim Baltası" ile yıkılmış ve tam anlamıyla tarihe karışmış olan Nemrudî dönemden sonraki her Urfa, Urfaların hepsi İbrahimî Öğreti çatısı altında yer alan "din"lerin, dahası, İbrahimî Öğreti'nin de içinde bulunduğu İslâm'ın yaşandığı bir belde, bir medinedir. Haliyle de, "yitik medeniyet" tekil ifadesi ile "medeniyetlere yataklık etme" biçimindeki çoğulluk anlatıcı ibarenin çelişir bir yanı bulunmamaktadır. Belki bu, bir anlatım zorunluluğu olarak değerlendirilmelidir.

Bu zorunlu açıklamadan sonra, artık, "yitik şehir/yitik medeniyet" vurgusunu; ifadeyi açarak söylersek, bir şehrin, daha doğru ifade edişle bir medinenin yitirilmesi, "yitik şehir" sürecine girmesi ile bir medeniyetin yitirilmesi arasındaki ilişkiyi irdeleyebiliriz.

Coğrafya bağlamlı tarihsel bir süreç olan bu olguyu, değerli şair-düşünür Sezai Karakoç, bundan 40 yıl önce yazdığı bir şiirinde, çok ustaca bir imgeleme ile şöyle ifade eder:

"*Şam ve Bağdat kırklara karışmıştır*
"*Elde kala kala bir Mekke bir Medine kalmıştır*
"*O da yarım kalmıştır*
"*Urfa ufala ufala*
"*Bir pul olacak çarpık balıklar üstünde*
"*Belki bir toz bulutu*
"*İstanbula küflenmiş*
"*Bir avrupa akşamı dadanmıştır*
"*Eski şehirlerin kimi göğe çekilmiş*
"*Kimi yedi kat yerin dibine batmıştır*"

Tarih felsefesi alanında da özgün ve tutarlı yorumları bulunan bu büyük şair-düşünür, İslâm Medeniyetinin günümüzdeki görüntüsünü bu dizeleriyle fotoğraflarken, dikkat edilirse, andığı İslâm merkezlerinin yitimine ilişkin kesin belirlemeler yapmış; ancak Urfa için kullandığı "kalacak", "olacak" ifadeleriyle, adeta, diriliği ve diriliş ümidini bu medine üzerinde odaklandırmıştır.

Urfa'ya ilişkin düşünce ve ümitlerimde yalnız olmadığımı belirtmek amacıyla sizlere aktardığım bu işaret edişte de, anılan şehirler/medineler arasında Urfa'nın, İbrahim kenti Urfa'nın bir medeniyeti temsil ve onun geleceği açılarından taşıdığı önem açıkça görülmektedir.

Değerli Dostlarım,

Geldiğimiz bu yerde, "Peki, 'İbrahim' kimdir, konu edindiğimiz 'medeniyet yitimi'nin 'İbrahimî Öğreti' ile olan ilişkisi nedir?" şeklinde bir soru sormamız gerekiyor. Zira andığımız yitik medeniyet ya da bu medeniyetin yitirilmesi konusu, dahası anılan medeniyetin nidüğü ve ne olacağı ancak böyle bir sorunun yanıtlanmasıyla aydınlığa kavuşabilecektir.

İnsan ile medeniyet ilişkisi, bu iki kavramın aynı bağlam içinde değerlendirilmesi zorunluluğu ise, aradığımız yanıta ulaşmak için İbrahimî Öğretide "insan"ın konumunu belirlememizi gerektirir. Bunun için, biz elbette, İbrahimî/Nebevî Öğretinin yer aldığı en son ve tek sağlıklı metin olan Kur'ân-ı Kerim'e bakacağız. Şu var ki, konumuzla ilgili ayetleri anarak ayrıntılı aktarmalar yapmak yerine, yalnızca kimi belirlemeleri sunacağım için konuşmam çok da uzamayacaktır.

İbrahimî Öğretide "insan", Kur'ân-ı Kerim'de haber verildiği üzere, zatına secde edilesi saygın bir yaratıktır. Bu saygın konumu ise, Yüce Allah tarafından öğretilen "eşyanın isimleri"nin bilgisine sahip oluşunun, bir başka deyişle Yüce Allah'ın "ruhumdan" diye nitelediği bir ruhun kendisine üflenmiş olmasının sonucudur. Buradaki "bir başka deyişle" vurgusu, "ruh" kavramının, felsefe ve tasavvuftaki "ruh" anlayışından çok farklı olarak, Kur'ân-ı Kerim'de "emir, buyruk, söz, yetki, vahiy" bağlamında kullanılmasına dayanmaktadır. Böyle bir yaklaşımda da, secde buyruğunu gündeme getirici oluşlar olarak anılan "eşyanın isimlerinin öğretilmesi" ile "ruh üflenmesi", deyim yerinde ise, aynı kapıya çıkmakta; bir oluşumun/ olgunun iki ayrı yüzü, farklı iki anlatımı olmaktadır.

Daha kestirmeden gitmek için şöyle diyeceğim: "Yeryüzünde halife olsun" için yaratılmış bulunan insan, bu konumunun gerektirdiği donanıma kavuşsun diye "eşyanın isimleri" bağlamında bilgilendirilmiş, "ruh üflenmesi" yoluyla da yetkilendirilmiş; yani, halifelik görevini yerine getirebilmesi için gerekli olan bilgilerle ve bildiklerini yaşama geçirebilmesi için de özgür bir iradeyle donatılmıştır. Secde olayı da, gerçekte, bu donanımı dolayısıyladır.

Öte yandan Yeryüzü ise, "gökler ve yerler ile bu ikisi arasındakiler" kapsamında bütünüyle insana boyun eğici kılınarak, onun halifelik gereklerini yerine getirebileceği bir düzenleme içine sokulmuştur.

Şu var ki, parçalanamaz bir bütün halindeki bu Öğreti'ye dayalı yorumlarda bulunan kimilerince, özellikle insanın bu bütün içindeki yerine, konumuna, işlevine, yetkisine ilişkin değerlendirmeler yapılırken bu bütünlük gözden kaçırıldığından ya da göz ardı edildiğinden, kimi yanılsamalar yaşanmış, yanılgılara düşülmüştür. Bu durum/tutum ise, "insan" gerçeğini gölgelemiş, açıkçası "insan"ın yanlış bir yere, kimi yanlış yerlere konumlandırılmasına yol açmıştır. İnsanın, bu Yeryüzü Halifesinin yanlış konumlandırılması.

Benim gerçekte "maksada mebni, amaca yönelik" birer yaklaşım saydığım söz konusu yanılsamaları/yanılgıları insan ve eşya ilişkisi düzleminde çok açık bir biçimde gözlemleyebiliriz. Şöyle ki, Yüce Allah, insanı bir yere, bizim boyutumuzdaki diğer varlıkları, bir başka deyişle eşyayı da başka bir yere konumlandırarak, bu varlıkları insanın boyunduruğu altına vermişken, yani insanı boyunduruk altına girici değil de boyunduruğa alıcı olarak yaratmışken, Kimi insanlar bunun ayırtında olmayarak ya da farkında olmalarına karşın işlerine geldiği gibisinden yorumlamalar ile insanları da kümelere ayırmış, bu yolla kimilerini kimilerinin boyunduruğu altına sokmaya elverişli öğretiler/söylemler geliştirmişlerdir.

İşte burası, zaman zaman çekişme içine girmelerine ya da öyle bir görüntü vermelerine karşın, hep ve her yerde doğrudan ya da dolaylı bir işbirliği içinde bulunan "madde âleminin sultanları" ile "mana âleminin sultanları"nın "insan"ı, ona aslî rengini veren, onun kimliğinin asal ögesi olan, onu secde edilesi saygınlık konumuna oturtmuş bulunan "özgür irade"den soyutladıkları aşamadır.

Buysa, ancak özgür iradesinden ötürü "tam bir insan" olan ve olabilecek olan bir varlığı insanlığından uzaklaştırmaktan, onun asal/fıtrî özelliğini/yanını yolmaktan, eksiltmekten, kırpmaktan, yozlaştırmaktan başka bir şey değildir. "İnsan"ın yitirişi de, yitirilişi de, yitimi de, işte, buradan ve böylece başlamış olmaktadır. Yitik insan, yiten medine ve yitirilen medeniyet olgusu veya süreci sorgulanırken ilk yapılması gereken iş de, bu sebeplerle, o medeniyet içinde yer alan insanların irade özgürlüklerinin irdelenmesi olmalıdır.

Bugün burada "yitik şehir/yitik medeniyet"ten söz ediyoruz. Bu, göz ardı edilemeyecek bir gerçektir. Şehir/medine yitmekte, medeniyet yitirilmektedir. Çünkü "insan" yitiktir. İradesinden soyutlanmış olan bir kimsenin İbrahimî Öğreti değerlerine göre tam tamına bir insan olarak görülmesi mümkün değildir; o yitik bir insandır. Ve insan yitik ise, onun medinesi de, medeniyeti de yitecektir; yitik insan, medinesini de, medeniyetini de yitirecektir.

Değerli Dostlarım,

Bu sözlerim bir ağıt değil; belki bir uyarıdır.

Ağıt değil; çünkü, İbrahimî Öğreti de, onun medeniyeti de burada olmasa bile bir başka yerde ve kıyamete dek sürebileceği bir ortamın kapısını aralayacaktır.

Bir uyarıdır.. Urfa, İbrahim'in yurdu, İbrahimî Öğretinin beşiği; hatta İbrahim'in kendisi olduğu için Urfalı hemşerilerime hatırlatma türü bir uyarıdır. "Sizler İbrahim'in mirasçıları olarak, hatta İbrahimler olarak, şayet İbrahim'in mirasçıları olduğunuza dair bilinci diriltip, onun öğretisi doğrultusunda iradenizi özgürleştirme savaşımını başlatamazsanız, başka yerlerden başka İbrahimler çıkar ve sizin tarihsel mirasınıza el koyarlar" uyarısı... İbrahimî Öğretide sosyo-kültürel veraset etnik bağlantılı değil de, inanç bağlamlı olduğu için bu mirasın asıl sahipleri onlar olurlar.

Gündemimizi oluşturan "yitik medeniyet" kaygısı, bizim bu mirası önemsediğimizin, ona sahip çıkmak istediğimizin göstergesidir. Bu mirasa sahip çıkmanın tek yolu, yeniden İbrahim olmanın, İbrahimî olmanın tek yolu ise, İbrahimî Öğretinin öngördüğü irade özgürlüğü ile özdeşleştirilmiş "insan" yapılanmasının önünü açmak için, insanı iradesinden soyutlayan söylemleri yaşamımızın dışına çıkarmanın çabası içine girmekten geçmektedir.

İbrahim aleyhisselamın dün gerçekleştirdiği büyük eylemi bugünün İbrahimleri olan siz hemşerilerimin de, yalnızca özgür iradelerini fark ederek ve kullanarak, yeniden gerçekleştireceği; böylece, "yitik şehir/yitik medeniyet" kaygısından kurtularak derlenip toparlanma, yeniden diriliş sürecine sıçrama yapacağı inancı içindeyim.

Bu inanç ve ümidin verdiği mutluluğu yaşadığım bir süreçte, benim için gerçekten büyük onur vesilesi olan bu "VEFA GÜNÜ"nü düzenleyen Memleket Edebiyat Dergisi, Memur-Sen İl Temsilciliği, Türkiye Yazarlar Birliği Şubesi, Şanlıurfa Gazeteciler Birliği yetkililerine ve katkıda bulunan herkese, zaman ayırarak buraya gelmek suretiyle bu etkinliğe katılmış olan siz aziz dostlarıma, değerli hemşerilerime şükranlarımı; başta Efendimiz olmak üzere Yüce Allah'ın tüm Elçilerine, bütün müminlere ve siz aziz dostlarıma da selamlarımı sunarak konuşmamı bitiriyorum.

Serinin Diğer kitapları

Serinin Diğer kitapları

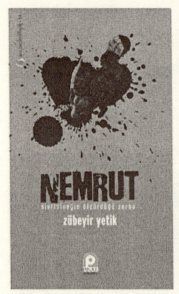

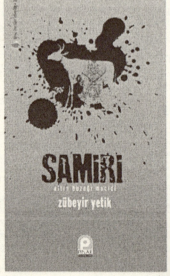

Serinin Diğer kitapları

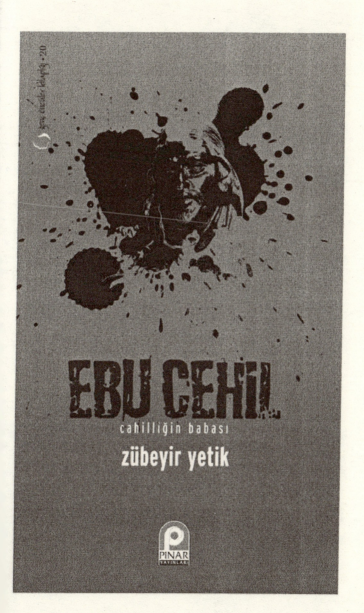